イラスト
キンタ

デザイン
AFTERGLOW

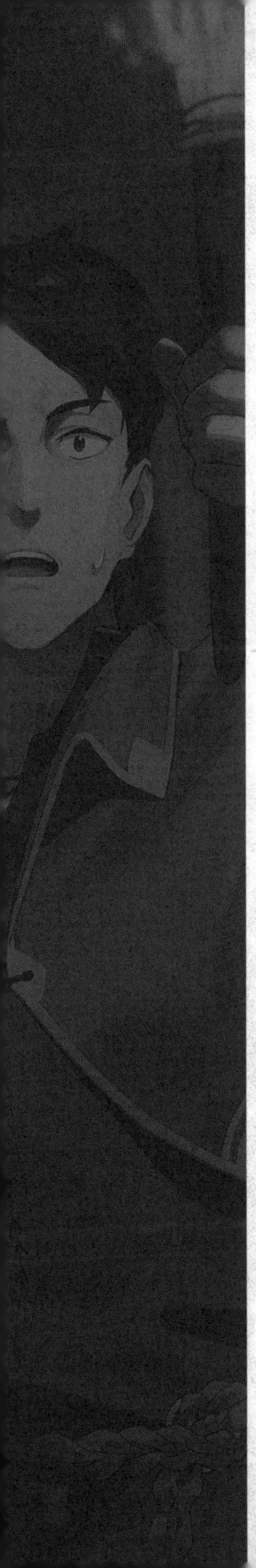

# CONTENTS

*Different world slow life began at the Smith*

# プロローグ　来訪者

その場所はこの世界で〝黒の森〟と呼ばれていた。

鬱蒼《うっそう》とした木々が立ち並び昼なお暗く、大きな熊や知能に優れた狼《おおかみ》の群れがうろつき、慣れぬ者が迷い込めば、二度と抜け出すことは叶《かな》わぬと言われている場所がある。

その森を一人の青年が進んでいる。細身ではあるが芯の強さを窺《うかが》わせる容貌。しかし、眉目秀麗と言ってもおかしくないであろう、その容貌が些《いささ》か損なわれている。

彼は〝黒の森〟のとある場所を目指して、単身森の中を進んでいるのだが、彼が聞いた道のりから言えばまだ道程も半ばまでしか進んでいない間に、すでに狼と猪《いのしし》、そして熊に襲いかかられていた。

そのいずれからもうまく逃げおおせることができたが、表情には隠せない疲労が見えていた。

可能であれば、今からでも夜営の準備を始めて休息を取りたいところだが、ここまでに出くわしてきた危険を考えると、夜がそれよりも安全だとは到底思えない。むしろ更に危険が増すはずである。

多少の無理をしてでも目的地にたどり着くことを優先したほうが良いだろう、青年はそう判断して、疲れた体を前へ前へと進めていく。

「こんなところに〝ただの鍛冶屋〟が住んでるなんて冗談だろ」

青年は腰に提げた水袋から水を一口飲むと、そう独りごちる。彼の目的はこの森に住むという鍛冶屋を訪ねることにあった。


青年は武具を欲していた。それこそ魔王と戦って互角に……いや、それ以上に渡り合えるような逸品をだ。

それがどういうことなのか、理解しているつもりではある。かざすだけで雷《いかずち》を呼び、振るえば嵐が巻き起こるような武器を作れと、つまりは神代の武器を再現せよと言っているのと同じだ。

そこまでは望めずとも「如《ご》き強さ」は欲しい。それでもその域に到達できた者はこれまでに数えるほどいるかどうか、である。「伝説の武器」というものはそれを作る当人が伝説級の腕前でなければ成立しないものであるからだ。

しかし、青年にとっては運の良いことに、新たな〝竜殺し〟が生まれたことを聞きつけることができた。鉄壁の防御と比類なき攻撃を持つ竜を倒すことができる武具とは、すなわち「伝説の武器」そのものであるからだ。


青年は早速竜殺しの家へと赴いた。その武具そのものは無理でも、入手先の情報があるはずだからだ。どこぞの廃墟《はいきょ》や迷宮からの文字通り「掘り出し物」でないことは確認済みだった。竜を打ち倒すだけの武器を新造できる者、それを知ることができれば後はそこへ行って頼み倒すだけである。

青年が竜殺しに頼みこむこと数ヶ月。他には竜殺しの下を訪れる者もほとんどいなくなった頃、竜殺しはいよいよ根負けをし、彼に入手先についての一部を教えたのだ。

「まずは商人を訪ねろ。お前に〝資格〟があれば鍛冶屋の居場所を教えてもらえるだろう」

目的の武器を作った者の居場所は商人が知っているらしい。その商人お抱えかなにかなのだろう。そのような武器を作ることができる鍛冶屋ならいくら払って囲っていてもおかしくはない。

礼を言って立ち去る青年に、竜殺しは釘《くぎ》を刺すことを忘れなかった。

「仮に鍛冶屋の居場所を教えてもらったとしても、それで目的達成ではないぞ。むしろ、そこが出発点だ」


そして訪れた商人のところでは、いくつかの試練を課され、それをこなしてようやく青年は鍛冶屋の居場所を教えてもらうことができた。〝黒の森〟。その場所の名を聞いただけで、彼は竜殺しの言った言葉の意味を理解した。

いや、理解したつもりだったと言うべきか。ここに来るまではそれでも「鍛冶屋が暮らせるほどなのだから、〝黒の森〟の中でも、ある程度は安全なところに違いない」と心のどこかで思い込んでいた。

「甘かったなぁ」

その言葉が出たのは、もうとっぷりと日が暮れてから、森の中にぽっかりと空いた空間に佇《たたず》む一軒の家を見つけたときである。

こんな森の中にあるには似つかわしくない、大きな家だった。ほのかに明かりが漏れ出ていて、人が住んでいることは間違いなさそうだ。

似つかわしくないのは家だけではない。青年は自分を狙う気配があるのを感じ取った。最低でも二つの気配に狙われているのは分かるが、さらにもう一つ、巧みに隠されているからだろうか、いるともいないとも分からない気配がある。

「一番ヤバいのはこれだな……」

青年の背中を冷や汗が伝った。妙な動きを見せれば、次の瞬間には命を落としているだろうという確信がある。

青年はゆっくりと両手を挙げた。大きく息を吸い、声を張り上げる。

「貴方《あなた》がたに危害を加えるつもりはない！　武器を打っていただきに来た！」

すると、闇の中から人影が現れた。まるで散歩から帰ってきたようにフラリ、とである。

現れたのは、朴訥《ぼくとつ》そうな中肉中背の男だった。この森に住んでいる、と言われてもにわかには信じがたい。腰には北方のものらしき剣が提げられていて、そこだけ剣呑《けんのん》なのが妙におかしかった。

男は静かな、どこか威厳のある声で言った。

「私がこの工房の主《あるじ》で、エイゾウと申します」

エイゾウと名乗った男はにっこりと笑う。

「最近は物騒な人間も多いもので。ようこそ、我が工房へ」

青年はほっと胸をなで下ろした。気がつけば自分を狙っていた殺気も消えている。とりあえず自分が唐突に命を落とすようなことはなさそうだ。

促す男に従って、青年はエイゾウの家へと入った。


翌朝、青年はエイゾウと鍛冶場のテーブルで向き合っていた。

こうして相対してみると、エイゾウは本当に普通の鍛冶屋の男という風情である。

青年は昨晩の驚きを思い返していた。自分に向けて放たれていた殺気はすべて、エイゾウの奥方……だろうか、とにかく一緒に暮らしている女性達からのものであったのが一番の驚きだった。その女性達は今、鍛冶をするための準備を始めている。

そして、客間だと言って通された部屋の豪華さにも驚かされた。一度王宮に呼ばれたことがあったが、そのときに通された部屋に勝るとも劣らなかった。聞けば「飾ってるのは大体貰《もら》い物《もの》だからなぁ」となんでもないことのように言っていたが、森の中に住む鍛冶屋が貰える物としては随分と分不相応なものであったのは間違いない。

そんな、色々なものが見た目と釣り合っていない男に、青年は自分の欲しいものを告げた。

「なるほどねぇ……」

告げられた内容をメモした紙を眺め、癖なのだろうか、顎を撫《な》でながらエイゾウはそう言った。あまり芳《かんば》しくなさそうな様子に青年は眉根を寄せる。

「もしかして、アンタでも作るのは無理か？」

「まさか」

肩をすくめて首を横に振るエイゾウ。お互いに相手を気に入ったのか、口調は気安いものだ。

「作れるさ」

そう言って、エイゾウはカップの飲み物を口にする。

「問題は俺の腕前じゃない。お前さんの希望通りのものを作るには、材料が足りないってだけだ」

「材料？」

青年の言葉に、エイゾウは頷《うなず》いた。

「作るにはオリハルコンがいる」

青年は息を呑《の》んだ。子供でも知っている、貴重な金属だ。

「そこらにある材料でできるなら今日中にでも作ってやれないことはないが、これはそうじゃないからな」

「そうなのか……」

オリハルコンを持ってくること自体、大変なのは間違いないが、さしあたってはあの道をまた行き来する必要があることが確定しているわけだ。青年は大きく息を吐いた。

「まぁ、逆に言えばオリハルコンを持ってくりゃ、すぐにでも作ってやるよ」

エイゾウに言われて青年は気を持ち直した。これで少なくとも入手できないということはなくなったわけだ。竜殺しに言われた「出発点」という言葉が青年の脳裏をよぎる。

「それじゃあ、早速手に入れてくるよ」

「気をつけてな。たまにいないときがあるから、この場所を聞いた商人に確認はしてくれ」

「分かった」

青年とエイゾウは握手をした。青年は善は急げとばかりに部屋に戻り、荷物を持って発《た》っていった。モタモタしているとまたこの森の恐ろしさを知ることになりそうだからだ。


慌ただしく発っていった青年を見送った後、エイゾウは大きくため息をついた。

「これで多少は時間稼ぎになったかな」

鍛冶場に戻ったエイゾウは手にしたメモに目を落とす。先の青年が要求したモノを作るにはオリハルコンが必要なのは本当である。それがおいそれと手に入るような代物でないのも間違いない。間違いないが――この工房には十分な量がある。もちろん、おいそれと入手した物ではないのだが青年が要求したものくらいは作れる量があるだろう。

であるにもかかわらず、取ってこさせて時間稼ぎをする理由、それはエイゾウが手に取ったもう一枚のメモにあった。

「やれやれ、互いに似たようなものを欲しがるんだものなぁ。鉢合わせにならなくて良かった」

そこにも要求するものが書かれている。どうやら細剣を作って欲しいという依頼のようだ。

エイゾウは頭をかきながら、そのメモを眺めて言った。

「それじゃ、先に魔王様のご依頼から片付けましょうかね」

# 1章　森の友人

この世界にいくつかある広大な森。その中でも最大級の広さである〝黒の森〟。ここは広さだけでなく、危険さでも知られていた。

そんなところに、俺の工房はあった。この世界へ転生してきたときに貰ったものだ。そのときに鍛冶を中心に、生産やちょっとした戦闘なんかのチートも貰い、この世界に関する基本知識をインストールしてもらった。

鍛冶屋であるため、基本的には工房にこもっての作業をしているが、今日はこの森に元々住んでいた虎の獣人で、俺が命を助けたことで一緒に暮らすようになったサーミャ、お家騒動を解決した縁でここに住むようになった伯爵家令嬢のディアナ、そして故郷の森を魔物に追われてしまい、うちに住むことになったエルフのリディは、走竜のクルルと一緒に狩りに出るらしい。メインはサーミャとディアナで、リディとクルルは散歩も兼ねた補佐ってところか。

俺と鍛冶屋として俺に弟子入りしたドワーフのリケは二人で鍛冶作業をする。

まずはナイフからだ。いつもどおり、板金を熱して鎚《つち》で叩《たた》いていく。刀を作ったおかげなのか、ナイフを鍛造する速度が若干速くなったような気がする。

元々チートのおかげで速いはずなのだが、そこからの成長もあり得るということなのか、チートに体が追いついてきているだけなのか。

そのどちらなのかは俺にも分からないが、少しでも伸びる余地があるのであれば伸ばすだけだ。


その後も一心不乱に板金を叩いてナイフを作り続け、サーミャ達が帰ってくる前に結構な数が出来上がった。やはり前より多い気がする。

「親方、また速くなってません？」

「そうなんだよな」

リケから見ても速いということは、速くなっていることは間違いなさそうだ。

「刀とでは鎚の使い方は違うが、ナイフにも応用できるような使い方を体が覚えたってことかも知れない」

「なるほど。じゃあ、色んな武器を作ればどんどん速くなるかも知れないですね。親方は凄《すご》いなぁ……」

リケが何の気なしにそう言う。だが、俺は閃《ひらめ》いていた。

なるほど、種類の違う武器を作れば作るほど、チートでもさらに性能が上がるという可能性はあるな。今週は納品物に集中するとしても、次の二週間で試してみる価値はありそうだ。


そんな気づきのあと、作業場の片付けをしていると、サーミャ達が戻ってきた。やや遅めだから、奥まで行ってきたか大物を捕らえたのだろう。

「おかえり」

「おう、ただいま」

「デカいのがかかったのか？」

「うん？　ああ。猪《いのしし》のほうだな」

いつもデカいのを捕らえたときにはテンションが高いサーミャが妙に大人しい。

「どうした？　なんかあったか？」

「いや……」

「大黒熊《おおくろくま》の痕跡があったんですよ」

歯切れの悪いサーミャに代わって、リディが答えた。

「熊かぁ。水汲《みずく》みのときには気をつけないと。熊がすんなり入れないように、クルルの小屋にも柵をつけたほうが良いかも知れないな」

俺がそう言うと、今度はディアナが返してくる。

「帰りにサーミャとリディと話したところだと、ここに来るにはしばらくかかりそうってことだったけどね」

「まぁ、急ぎでないなら一安心か」

「そうね。前に出たときはあなたが熊を倒したんですって？」

「ん？　ああ、そうだな」

言うほど昔ではないはずだが、もう随分と昔のように感じる。

「サーミャはそのときのことを思い出したのよ。それで……」

「ああ。なるほど」

あれは今のところ俺が一番ひどい傷を負った事件だったからな。単体の強さで言えば確実にホブゴブリンのほうが上だが、あれは支援もあったし、熊のときのほうが命の危険で言えば上だ。

それに熊のときは傷ついた俺を直接見ているからな。ちょっとしたトラウマっぽくなっているんだろう。この辺はその後無事な俺を見てゆっくりと解決していって欲しい。


「ずっと森暮らしするんだし、危険な動物との接触は織り込んで考えていかないといけないな」

「そうね。リディによれば、滅多《めった》なことでは近づかないってことだけど、普通なら畑を猪に荒らされたり、なんてことも考えられるわね」

ディアナの言葉を引き取るように、リディが頷く。

「ひとまずは俺も皆も気をつけよう。めったに魔物化しないとはいえ、起こらないわけではないし、気が緩んだときが一番危ないからな」

俺の言葉に全員が頷く。森で暮らすということ。自然と隣り合わせとはどういうことなのか、それを考えずにはいられなかった。


その後、夕食のときに話し合い、クルルの小屋に柵はつけないことにした。万が一にも熊が侵入した際、熊は入れたがクルルが出られないという状況を避けるためだ。

そうなるくらいならクルルが逃げられる可能性が高いほうがいい。そのほうがクルルの生存率が上がると思うし、いざというときは知らせに来るだろう。なんせクルルは賢いからな。

◇　◇　◇

翌朝、五人＋クルルで獲物の回収をする。いつになくデカい猪だったが、クルルのおかげで引き上げも運搬もスムーズに進めることができた。

もちろん、熊の話を忘れたわけではない。道中はいつもより警戒して進んだ。サーミャが何も言わないので恐らくは痕跡もなかったのだろう。行き帰りは特に何事もなかった。

こういうときに長柄の武器や投射武器がもう少しあると良いのだが。万一の場合、熊の間合いの外から攻撃できるのがベストだからな。長らく棚上げになっていたし、弓と短槍《たんそう》を増やすか……。

家に着いてしまえば後はいつもどおりだ。パパッと皮を剥《は》ぎ、肉と骨を分けていく。結構な大きさだった猪も食べ物に変わっていった。

せっかく大きな猪肉が手に入ったので、本当ならトンテキならぬイノテキを作りたいところだが、醤油《しょうゆ》やニンニクがないので諦めて、香草とブランデーで焼くだけにしておいた。これでも十分美味《うま》いからな。

醤油はカミロに頼んであるから、彼が手に入れてくれるのを待つしかない。

午後からは俺は鍛冶仕事、リケとリディが魔力の勉強（と畑の手入れ）で、サーミャとディアナは繕い物をする。

サーミャもディアナも最近は繕い物がかなり上達していて、ちょっとしたほころびは綺麗《きれい》に直せている。

でも限界が来ているようなものは買い替えが必要だろうな。そう言えば服の縫製にも生産のチートは適用されるのだろうか。料理や木工などにも適用されるみたいだし、普通に考えれば適用されないはずがないのだが、万が一もあるから、そのうち自分の服でも作ってみるか。


こうやって必要なものや、やりたいことを考えていくと、「やることが……やることが多い……！」ってなるな。

スローライフと言えば聞こえは良いが、つまりは他人に頼っていたところを自分でやるということに他ならない。誰かが作ってくれていた野菜を自分で作る。誰かがさばいてくれていた肉を自分でさばく。

無論そのぶん自分の時間は減っていくのだから、良《よ》し悪《あ》しというのはどうしても出てくる。当然、前の世界並みの便利な生活は望むべくもないが、こっちの世界ではのんびり暮らすのが目標なので、他人に頼れることは頼っていきたいところだ。

この日もなかなかの数のナイフを量産できた。卸す量で言えば一週間ちょっとくらいの数だから効率は良い。

ナイフについては高級モデルの売れ行きはあんまり良くないらしいので、ナイフだけをガンガン量産すれば儲《もう》けられる、というわけでもないのがちょっと残念ではある。もしこっちの売れ行きが良いなら、こっちだけを作って空いた時間をなにかに充てるとかもできるんだけどな。

そんな現実的でないプランは早々に捨て、なにを作ることを優先するべきか考えながら、俺は作業場の片付けをした。

◇◇◇

幾日か納品用に製作を続けて、納品物の量は確保できた。期間としては一週間ほどである。遠征の帰り道、カミロの店には大体二週間ごとに納品する話をしておいたから、ここからの一週間は他のことができる。肉はまだ十分にあるので、今日のところはのんびりと森へ出かけることにした。

森へ出かける、というのは俺達にとってはほとんど散歩のようなものである。ただ、そこは〝黒の森〟なので、決して気を抜けるものではない。

サーミャがうちに来るきっかけになった、つまりサーミャに大怪我《おおけが》をさせたような熊もうろついているし、危険度としてはかなり高いことには違いない。

なので、最低限の武装は欠かせない。今日も皆それぞれ得意の武器を用意している。サーミャとリディは弓で、俺とディアナが剣だ。

リケも短槍を持っているが、これは得意だからというよりも戦闘自体が不得意だからだ。弓は技術がいるし、剣ほど近接して戦うのは危ない。ある程度距離を取ることができるものが良かろうということでこうなった。

クルルもお出かけに連れて行く。まさか一人放って行くわけにもいかないからな。

とはいえ、いざとなればリケとクルルはいち早く逃げて欲しい。リケにはそう言ってあるし、本人も不承不承ながらも了解はしてくれた。クルルにも同じことを言ったが、分かっているのか分かっていないのか、

「クルルル」

という返事が返ってきた。ディアナのほうを見るとうんうんと頷《うなず》いているので、問題なかろうと判断した。ママの言うことは聞くに限る。

今日は釣りや狩りといった目的のあるものではなく、ぶらぶらと歩き回って見つけたものを採取したり、周辺に何があるかの確認になる。

俺とリケは全然知らないし、サーミャ達も普段狩りをしていてある程度大きな目印は把握しているものの、細かいところまでは見ていないそうなので、時折はこうして何があるのかを確認するようにしている。

これは万が一うちが襲撃された場合の陣地構築や逃走経路を確認しておく意味合いがあるし、な

にか異常な変化が起こっていないか、例えば突如温泉が湧き出ていたりしないかなどをチェックする意味もある。

まぁ、一番の目的がただの気晴らしであることも否定はしないが。

そんなわけで俺達家族は準備を済ませ、森の中へと入っていった。


森の中は暗い。今日も日は出ているのだが高く聳《そび》える木々に覆われて、その光があまり地面までは届いてこない。かろうじて差してくる光を受けて、小さな花が咲いているのがなんとも可憐《かれん》に見えた。

さらに進んでいくと、流石《さすが》リディと言って良いのかは分からないが、時々俺達が確保してくる解熱や血止め以外の、頭痛に効くらしい薬草なんかを彼女が発見してくれた。

それをクルルが背負っている籠《かご》に入れていくと、クルルは嬉《うれ》しそうに、

「クルルルルルル」

と声を上げる。俺はそこでふと思い出してリディに尋ねた。

「そう言えば、うちに来てからクルルがあんまり飯を食わないんだが、何か分かるか？　カミロのところではよく食ってたらしいんだけどな」

リディはエルフである。そしてエルフは魔力を基に体の一部を構成している……らしい。そんな彼女だからこそ知っていることがあるかも知れない。

「特に元気がないということはないんですよね？」

「まあ、見ての通りだな」

クルルがうちに来てから結構になるが、その間体調を崩すようなことはなく、いつも元気いっぱいだった。

「ちょっと失礼して」

そう言うとリディはクルルに手を当てる。クルルは撫《な》でてもらっていると思ったのか、目を閉じて喉を鳴らすように「クルルルル」と小声で鳴き、俺の肩が連続して叩《たた》かれる。

「ああ、これは大丈夫ですね」

しばらくクルルに手を当てていたリディは、俺のほうを向いて言った。

「そうなのか？」

「ええ。体を魔力が循環しているのを感じます。つまり、この子は食べ物の代わりに魔力を〝食べて〟るんでしょうね。ある意味、私達エルフに近いと思います」

「へぇ。やっぱり竜だからかな」

俺の言葉にリディは頷いた。

「それはあると思いますよ。血が薄くても末裔《まつえい》ではあるでしょうし」

「だ、そうだ。これなら心配なさそうだな」

「うん。良かった」

ディアナが胸をなで下ろす。なんだかんだ心配していたみたいだし、何事もなくて良かった。

しかし、魔力が食べ物代わりか。それで魔力の薄いカミロのところでは食べ物をたくさん食べていたのだな。クルルはまだ若いようだが、それでも俺よりも体が大きい。食事量を考えると、その体のほとんどを魔力でまかなえるほど、この森の魔力は濃いってことか……。

その後、ちょっと開けた箇所が見つかったので、そこで昼食にでもしようかと言ったとき、サーミャが鼻をヒクヒクとさせた。

「なんかいたか？」

俺が聞くと、サーミャは首を傾《かし》げている。

「狼《おおかみ》っぽいんだけど、数が少ないんだよな。普通はもっといてもおかしくない」

「はぐれかな？」

「うーん、そういう感じでもなさそうなんだよな……」

はぐれでも斥候でも、知能に優れる（らしい）この森の狼に出くわすのは、あまり良いこととは言えない。この場所での昼食は諦めて、別の場所を探そうかと思ったとき、サーミャが言った。

「あー、これアイツか……」

サーミャは何やら一人で得心した様子である。彼女は口に指を当てると、鋭く吹き鳴らした。すると、少しして離れたところから同じ音が返ってきた。サーミャ、指笛できたんだな。

ガサゴソと茂みをかき分ける音が響いてくる。音からすると小さい動物ではない。サーミャが全く警戒していないので、俺達ものんびりと音が近づいてくるのを待つ。

ガサリ、と一際大きな音がして狼が顔を覗《のぞ》かせた。いや、それは半分は間違いだ。顔を覗かせたのは狼のような雰囲気の顔をした人……狼の獣人だった。

狼の獣人は一瞬こちらを見てホッとしたようだったが、サーミャの他にも人がたくさんいることに気がつくと、その顔に警戒の色をにじませる。

その現れた狼の獣人に、サーミャが手を挙げて声をかけた。

「ジョランダ！」

サーミャにジョランダと呼ばれた獣人の女性は警戒の色を浮かべつつも、ゆるゆるとこちらに近づいて来る。

弓と背嚢《はいのう》を背負っていて、長距離を移動しようとしていたところのようだ。

「そう言えば、サーミャ以外の獣人に会ったのって初めてだな」

それなりに長い間この森で暮らしているが、獣人というか、そもそも他の人間に出くわしたのはこれが初めてだ。

正直なところを言えば、「いたんだな」という感覚のほうが強い。俺が普段家から出ないからというのはあるだろうが。

「私も見るのは初めてね。狩りについていっても、誰かに会った記憶はないわ」

ディアナが俺の言葉を聞いて言った。獲物を探して森の中をそれなりの範囲動いても出くわさないということは、この出会いは相当にレアなことなのだな。

都で見かけた犬の獣人らしき人を思い出した。その人はもっとなんかふんわりした雰囲気だった。今こちらに少しずつ向かってきているジョランダさんは、町暮らしと森暮らしの差だろうか、都で見かけた人とは正反対の雰囲気を持っている。

「名前を知ってるってことは仲いいのか？」

近づいてくるジョランダさんを見ながら、俺はサーミャに言った。

「まぁね」

サーミャは頷く。同じ獣人同士だし、行動範囲が近いとかあるんだろうか。


ゆっくりとこちらへ向かっていたジョランダさんは、少し離れたところで足を止めた。俺達の誰かが飛びかかっても、一目散に逃げられるくらいの距離だ。

サーミャの知人らしいが、見知らぬ俺達は相当に警戒されているようだ。

それでも、ひとまずは自己紹介をすべきだろうと思い、俺は頭を下げた。

「どうも、初めまして、エイゾウと言います。この森で鍛冶屋をやってまして……」

俺がそう言うと、ジョランダさんは眉を顰《ひそ》めて、サーミャのほうをチラッと見た。

「本当だよ。アタシも最初は何の冗談かと思ったけど。今、一緒に住んでるから間違いない」

今度はジョランダさんの目が見開かれる。驚いてるのは俺が本当にここで鍛冶屋をしているほうじゃないだろうな。

「サーミャが……？」

ジョランダさんの言葉に、サーミャが顔を赤くする。

「な、なんだよ、いいだろ」

「別に悪いとは言ってないけど……」

ジョランダさんはクスリと笑った。少しは警戒心も解けたのだろうか、俺達にもう少し近づいてきてくれた。

そこをサーミャは逃さなかった。サッと駆け寄り、ジョランダさんの腰が引けたところで首根っこをガッシリと腕で捕まえる。

「ほらほら、こっち来いよ」

そんなことを言いながら、サーミャはジョランダさんを引っ張ってきた。ジョランダさんは困ったような、そうでないような微妙な表情をしている。

「こいつがさっき自分で言ってたけどエイゾウで、こっちがドワーフのリケ、んで人間のディアナとエルフのリディな」

ジョランダさんを捕まえていないほうの手で俺達を指さしながら、サーミャが紹介する。

文字通り首根っこを押さえられつつ、目線をあちこちに彷徨《さまよ》わせながら、ジョランダさんは頭を下げようとして不自由なのに気がつき、目だけでお辞儀をした。

しかし、さっきからジョランダさんは心ここにあらずといった感じで、周囲をやたらと気にしているように見える。単純に警戒心の強い性格なのだろうか。

それにはサーミャも気がついていたようで、訝《いぶか》しげにジョランダさんに言った。

「……さっきからどうした？　なんかあったのか？」

どうやらジョランダさんが気もそぞろだったのは性格のためではなかったらしい。

ジョランダさんは少しの間逡巡《しゅんじゅん》していた。俺達のほうもチラチラ気にしているから、俺達がいると話しにくいことなのかも知れない。

「俺達は外そうか？」

俺がそう言うと、サーミャは首を横に振った。

「いや、多分平気。なんだよ、まだ人見知りするの抜けてないのか」

ジョランダさんはコクリと小さく頷いた。なるほど、人見知りか。この森で暮らしていると、そうそう人に会うこともないしなぁ。

ましてやうちは人間や獣人以外にドワーフとエルフもいるのだ。どう接して良いか戸惑うのも無理はないだろう。

「皆の前で言えないことか？」

サーミャが優しい声で言うと、ジョランダさんはフルフルと首を横に振った。

「……そんなことはない。むしろ、皆さんには聞いてもらったほうが良い」

やはりチラチラとこちらを気にしている。外したほうが良さそうに見えるのだが、俺達も聞いたほうが良いのなら、それに従ってここにいておくか。サーミャが先を促す。

「で？　どうしたんだよ」

「……大黒熊が出た」

ジョランダさんの言葉に、俺達の表情が引き締まる。

サーミャがうちへ来るきっかけになったのは大黒熊だった。その後、俺が決死の覚悟で倒したの

も人を恐れなくなった大黒熊だ。

つい最近も大黒熊の痕跡があったと言っていたが、それとジョランダさんが言っているのは同じ個体かも知れない。

「なんとか逃げられたけど、住《す》み処《か》を追われてしまった」

「……」

サーミャは黙ったまま、何も言わない。俺が他の皆のほうを見ると、皆頷いた。

「ええと、ジョランダさん？」

「は、はひっ⁉」

……声をかけたら、思いのほかビビられてしまった。目つきが悪いのは自覚していたが、ここまでビビられると若干凹《へこ》む。いや、そんなことはどうでもいいのだ。

「取って食べたりはしないから安心してください」

俺が努めて冷静に言うと、ジョランダさんは静かに頷く。

「良かったら、一旦うちに来ませんか？　何をするにしても一度態勢を整えたほうが良いと思うんです。サーミャも言ってましたが、彼女も一緒に住んでますし、心配することはありませんよ」

むしろ、女性ばかりで立場的に弱いのは俺のほうである。家主だからなんとかなっている面が否めない。

ジョランダさんはそれを聞いて、チラリとサーミャのほうを見た。サーミャは力強く頷く。ジョランダさんは視線を彷徨わせた。うちの家族と目が合うと、みんなサーミャと同じように頷く。

それを見て安心したのか、ジョランダさんは、辛うじて聞こえるような声で、

「じゃ、じゃあ、お願いします」

と、頭を下げた。


「ああ、じゃあサーミャとジョランダさんは幼なじみなんですね」

「は、はい」

昼飯は後回しにして、まず家に帰ることにした。その道すがら、サーミャがジョランダさんのことを知っていたのはなぜか聞いたところ、お互いから「生まれたときに近所だった」という言葉が出てきたのだ。

だとすると、獣人達の村のようなものがあるのだろうか。そうサーミャに聞いてみると、

「いや、そういうのはないいな」

「そうなのか」

「アタシとジョランダはたまたま住み処が近かっただけで、獣人は家族ごとにバラバラの住み処がある」

「じゃあ、二つ以上の家族が集まることはまずないわけか」

「そうだな」

この〝黒の森〟はやたら広いから、贅沢《ぜいたく》な土地の使い方をしても溢《あふ》れるようなことはないいんだろうな。

それに、例えば大黒熊が襲ってきたときも、分散していれば一網打尽にはされにくいだろうし、そういう実益とかもあるんだろう。

普通の動物であれば、腹が満たされた時点で帰っていくかも知れないが、魔物化している場合もある。その場合は普通の動物と同じであるとは限らないからな。

「それじゃあ幼なじみってのも貴重だな」

「だなぁ。出かけたときに会ったりはするけど、近くに住んでるってのはあんまりないからなぁ」

「じゃあ、後でジョランダさんにはサーミャが小さい頃に何かやらかしてないか、聞かないといけないな」

「えっ、ちょっ」

サーミャが狼狽《うろた》える。それができる可能性に思い至ってなかったらしい。

「ふふっ」

狼狽えるサーミャを見て、ジョランダさんが笑った。

「サーミャ、小さい頃に木の上から飛び降りて怒られたことあったよね」

「ばっ、お前！」

サーミャは顔を真っ赤にした。そうなのか。多少は予想していたことではあるが。

「へぇ、そうなのか」

「え、えーっと……」

モジモジとし始めるサーミャ。幼い頃の腕白エピソードなら俺にだって一つや二つ覚えはあるし、男の俺だけでなく、女性だとディアナも同じだろうから、そんなに気にしなくてもいいのにな。

ジョランダさんはその様子を見てクスクス笑っている。リケもディアナもリディもニヤニヤとしている。リケとリディはともかく、ディアナはあんまりニヤニヤできないような……。

サーミャは更に真っ赤な顔であれやこれやジョランダさんに言いつのっている。

笑い声が〝黒の森〟に響き、俺達は家に向かって進んでいった。


「お、お邪魔します」

家に戻ってきて、クルルに積んだ荷物を家に運び入れながら通すと、ジョランダさんはおずおずと中に入ってきた。

「部屋は客間を使ってください。他のことはサーミャや皆に遠慮なく聞いてくださいね」

「は、はい。ありがとうございます」

頭を下げるジョランダさん。女性のことは女性に任せるに限る。男だとどうしても気がつかないところがあるし、何より女性から男には言いにくいことがたくさんあるだろうからな。

俺は手をヒラヒラと振って、一旦自分の部屋に戻った。


外で食べるために用意していたものと、スープを温め直して昼飯にした。もちろんジョランダさんも一緒に食卓を囲んでいる。

「すみません、私まで」

「いえいえ、いつも多めに用意しているので大丈夫ですよ」

俺がそう言うと、リケがそっと目線を逸《そ》らした。いやまぁ、リケが一番食うのは確かだが、他の皆も結構な健啖家《けんたんか》だからな。

昼飯を食べながら、大黒熊についての話をジョランダさんから聞く。

「じゃあ、あまり追ってくる感じではなかった？」

「そうですね」

俺の言葉にジョランダさんが頷《うなず》く。

「私がねぐらを出て駆けだしても、あまり気にする様子はなかったですし。ただ、食べ物を探している感じでもなかったんですよね。もしかすると休息できそうな場所が、たまたま私のねぐらだったのかも知れません」

「うちの近所に出たときに似てるな……」

俺はそう独りごちた。俺が倒した大黒熊も、餌になるものをを探しているような感じではなかった。あれもおそらくは魔物化してしまったあとか、あるいはなりかけだったか、いずれにしても普通の大黒熊ではなかっただろうと、少し前にその辺りに詳しいリディと話して結論づけている。

「魔物化しているにせよ、その手前にせよ、今のうちに退治しておいたほうが良さそうですね」

俺はそうジョランダさんに話した。澱《よど》んだ魔力が宿ってしまっているのなら、遅かれ早かれ森に仇《あだ》をなす存在になる。そいつがこの家まで来ないとも限らないのだ。

「できるんですか……？」

ジョランダさんが恐る恐るといった様子で聞いてきた。なぜかサーミャがドヤ顔で答える。

「エイゾウは大黒熊を倒したことがあるからな！」

「え、そうなの？」

「おう！」

驚くジョランダさんにサーミャが胸を張る。なんでサーミャがドヤ顔なのかは分からんが、俺が大黒熊を倒したことがあるのは確かだし、ご機嫌なので、俺からは何も言わずにおく。

「それじゃあ、早めに退治してしまいましょう」

静かな、しかし、はっきりした声でリディが言った。

「今回は人も多いですし、早めに対応すれば被害は最小限で済みます」

「な、なるほど……」

リディから漂う妙な気迫に、ジョランダさんは若干気圧《けお》されたように返事をする。

俺は小さくため息をついて言った。

「とりあえず、早めに退治しに行くとして、行くのは今回も俺だけ……とはいかないようだな」

可能なら危険な目に遭うのは俺だけでいいのだが、家族全員に睨《にら》まれてしまった。家主権限で押し通すこともできるだろうが、家族も増えてきたし、なるべくなら使いたくはない。

俺が家族を心配しているのと同じくらい、彼女達も俺を心配してくれているのだし。

「分かった、分かった。それじゃあ明日にでもみんなで行こう」

こんな事態になるなら、もっと早くに弓や槍《やり》を作っておけばよかったな。前に一度戦っているのだから、優先して考えておくべきだった。

しかし、後悔先に立たずである。弓はともかく、今からでもナイフを加工して槍のようなものでも作るか……。明日一日保《も》てばいいようなものにはなるが。


ジョランダさんはサーミャたちに任せて、俺は鍛冶場に引っ込んだ。

まずはじめに、まだ柄《つか》をつけていないナイフの先端を砥石《といし》で研いで鋭くした。俺が加工すればチートの働きで十分鋭く、貫通力もあるものができる。

今から特注品レベルのものはちょっと難しそうなので、高級モデルのものを加工するだけにしておいた。

サーミャとリディ、そしてジョランダさんは弓、うちにある槍は俺が使うので、リケとディアナがこの槍を使うことになるだろう。つまり、槍は二本必要になる。

槍といっても、柄の長さがあまりに長いと森の中では取り回しに苦労することになる。なので、太い木の枝を短めに切ったものを柄にする。この枝は木を伐採して加工するときに払った枝だ。

自分のナイフで綺麗な棒を二本作り、その先に切れ目を入れる。

先端を尖《とが》らせたナイフをそこに差し込んで、革紐《かわひも》を巻いて抜けないように固定したら、簡単な短槍の完成だ。

自分で軽く振ってみる。うちの鍛冶場は決して広くはないが、それでもこれくらいの広さで振れないようでは、森の中でも覚束《おぼつか》ないはずだ。

何度か軽く振ってみて、差し込んだナイフの様子を確かめる。特に緩んだりはしていないようだ。これなら明日一日くらいはなんとかなるだろう。

最悪、どこかに刺さればナイフ部分が抜けてしまっても構わない。槍がそうなったら下がってもらう他なくなるが。

ともあれ、これで簡単ながらも準備は整った。後は退治に向けて英気を養うだけである。

その日の夕食は酒を控えめに、しかし、肉は多めに用意してみた。ジョランダさんは焼いて軽く塩コショウしただけの猪《いのしし》肉が気に入ったようで、黙々と口に運び続けていた。

夕食中は誰も大黒熊を話題に上らせなかった。方針まで決めた以上、今この場であれやこれや言っても仕方ないことを全員が理解しているのだろう。

代わりに、と言っては本人に悪いが、サーミャの幼少の頃の話がジョランダさんから出た。

「私の仕掛けた罠《わな》にかかって怒ったりしてたよね」

「あれはアタシの通り道って知ってて仕掛けたお前が悪い」

クスクス笑うジョランダさんに、むくれるサーミャ。

「でも、ちゃんと目印も付けたじゃない。引っかかるサーミャが悪いよ」

「あれでぇ？　ちっこいし、緑だし、めちゃくちゃ目立ちにくかったじゃん！」

「気づかないのが悪いよー」

悪びれた風もなくジョランダさんは言った。割とお茶目《ちゃめ》さんなのかも知れない。

俺は獣人族が全体的にそうなのかと思っていたが、さにあらず。確かに〝黒の森〟の獣人族は生活環境から活発な子が多いそうだが、サーミャは特別お転婆《てんば》であったらしい。

詳しい話はサーミャの妨害もあって聞けなかったが、概要については色々聞くことができた。ディアナがうんうん頷いていたので、通じ合うところがあったらしいが多くは聞くまい。

こうして、賑《にぎ》やかな夕食を終え、俺は一足先に床についた。女性陣はその後も少し話を続けていたようだったが、話の内容については知らぬが花というものだろう。

◇◇◇

翌朝、日課を一通りこなす。もちろん水汲《みずく》みも含めて警戒をしながらだ。大黒熊がこの辺りまで来ていないとも限らないからな。

朝飯を終えて、鍛冶場の神棚に拝礼をする。いつもなら作業や狩りの安全を祈るところだが、今日祈るのは誰も怪我《けが》をせず大黒熊を退治できることだ。ジョランダさんもやってみたいということで、一緒に並んで手を合わせている。

遅くても今日の夜には、誰一人欠けることなくこの家に戻ってきたい。俺もそう思いながら手を合わせた。

「さて、それじゃあ行くか」

「おー」「はい」

俺が声をかけると、了解の声が返ってきた。いよいよ熊退治の始まりだ。この森をよく知っている獣人族の二人、サーミャとジョランダさんが先行して斥候を務める。

その次はリディで、斥候が大黒熊を見つけて戻ってきたら合流して三人で弓を射かける。

リディの後ろには俺とリケ、そしてディアナが控える。大黒熊が近づいてきたら俺達の、というか主に俺の出番だ。

今回はクルルも連れてきた。万が一誰かが怪我を負った場合には、クルルの背に乗せての搬送も行えるし、連れてくると危険が伴うが、もし入れ違いになって知らない間に襲われているよりはマシだろうと話したのだ。

当のクルルはというと、二日続けて皆とお出かけなので、やたらご機嫌だった。

昨日ジョランダさんと会った場所へと向かっていく。昨日はウロウロしつつ採取もしつつだったので時間がかかっていたが、まっすぐ向かえば大した時間もかからなかった。

「それじゃあ、ここから捜索開始だ」

俺が言うと、斥候の二人は頷き、揃《そろ》って森の中へ消えていった。俺達はこの少し開けた場所でしばらく待つ。

ここに誘導できれば、それに越したことはない。ダメならダメで、斥候の二人のうちどちらかが見つけたところまで行くだけだ。

ややあって、サーミャとジョランダさんが二人揃って戻ってきた。

「早いな」

「そうね」

俺の言葉にディアナが相づちを打った。簡易版ではあるが槍を手になかなか勇ましく見える。

この早さだとすぐに見つかったか、逆にこの周囲には全く痕跡がなく、いないと判断したかのどちらかだが、後者だとしたら判断するのが早すぎるように思える。

「どうだった？」

「見つけた」

サーミャが素っ気ない調子で言った。彼女の場合、こういったときに素っ気ないのは集中している証拠だ。ジョランダさんも静かに頷いた。

「そうか……。戻ってきたってことは誘導するのは厳しそうなのか？」

サーミャとジョランダさんは首を横に振った。

「いいえ、そう遠くはないのでここに呼びます。罠を仕掛けて仕留めましょう」

静かにジョランダさんが言った。ほとんどささやくような声だ。

「野郎、悠長に寝コケてやがったんだよ。今のうちにちゃちゃちゃっと仕掛ける」

今度は吐き捨てるようにサーミャが言った。なるほどね。

寝ているところを二人でうまく仕留められるなら、その場で仕留めてしまうのが良かったのだろうが、ここに罠を仕掛けてそこにおびき寄せればより安全に、そして確実に仕留められる。

二人で仕留める自信がない、というよりは確実性の問題だろう。こっちなら俺達もいるわけだし、俺達は彼女達と比べて静かに接近する技術に長《た》けていない。

「分かった、じゃあ取りかかろう」

俺が言うと、皆は顔を見合わせて頷きあった。


テキパキとジョランダさんが枝を切って運んでくる。俺達はその間に穴を複数掘った。この穴はジョランダさんが落とし穴にしていくらしい。

サーミャ達は移動しながら弓矢で直接仕留めることが多いみたいだが、ジョランダさんは罠を張って足を止めてからとどめをさす方式であるそうだ。

枝は適当な大きさで切り揃えられ、ナイフで片側を尖らせたあと、尖ったほうを下側にして穴の中に設置する。

これで穴に足を落としてしまうと、尖った枝が上から刺さって穴から足が抜けなくなる、という仕組みである。

もちろん穴が見えている状態でそのまま引っかかってくれるような間抜けではない。穴の上にも細い枝を渡して、下生えで擬装を施した。

「クルルにもお仕事あるからな」

「クルルルル」

クルルにはロープの端を咥《くわ》えてもらった。ロープは太い木の枝を経由して再び地面に降りている。その先はと言うと、縄を輪っかにしてある。これもジョランダさんがクルルを指して、

「その子は力が強いんですか？」

と聞いたところ、

「ええ！　とっても！」

ディアナが寝ていた熊も起きるのではと思うような声で力強く請け合ったため、急遽《きゅうきょ》追加された罠だ。クルルが思いっきり縄を引っ張ると輪でくくられる、というわけだ。

大黒熊は力も強いし何より重い。並の人間なら三、四人は必要だろうが、クルルなら持ち上げるまではいかなくとも少しの間、動きを封じるくらいのことはできるだろう。その少しの時間があれば俺達で対応できる。

こうして準備は整った。あとは実行に移すだけだ。サーミャとジョランダさんは再び森の中へと駆けだして行った。


「来ますよ！」

ジョランダさんが鋭く大きな声を出しながら戻ってきた。茂みから身を乗り出していた俺達と一緒に茂みに身を潜め、固唾《かたず》を呑《の》んで次を待つ。

遠くから大きな葉擦れの音が近づいてくる。やがて、サーミャが押し出されるかのように茂みを飛び越えてきた。器用に落とし穴を回避しながら、俺達の前を駆け抜けていく。

その少し後、こちらは派手に下生えを吹き飛ばしながら、黒い巨体が現れる。大黒熊だ。肩口にサーミャのものだろうか、矢が一本深々と突き刺さっている。それでここまでおびき出されたのだろう。

とんでもないスピードで現れたそれは、ジョランダさんの狙い通り、落とし穴の上に足を運ぶ。ジョランダさんも俺達も、そのまま大黒熊が落とし穴に足を踏み込むところを想像し、小さくガッツポーズを作ろうとした。

だが、そんな予想は裏切られた。野生の勘によるものか、すんでのところで穴を跨《また》ぎ越したのだ。肩に矢が刺さり、怒りに我を忘れているような状況だろうに、致命的なものは避《よ》けることに一瞬感心すら覚える。

「チッ」

どこからか舌打ちが聞こえてきた。ジョランダさんがしたように聞こえたが、正確なところは分からない。……分からない、ということにしておいて欲しい。

ヒュッと音がして、矢が落とし穴を跨いで少しバランスを崩した大黒熊に向かっていく。どこを狙ったものだったのだろうか、それは肩口に突き刺さり、

「グオオッ」

大黒熊は呻《うめ》くように吠《ほ》え、矢を放った主――サーミャのほうを睨《にら》みつける。そして、再び走り出した。

「今です！」

ジョランダさんがそう叫ぶと、

「クルルル！」

クルルがそう叫んで、縄を咥えて走り出す。地面を走った輪が大黒熊の後ろ足を捉え、引き絞られる。

「ガァッ⁉」

大黒熊は再び吠えて抵抗しようとするが、クルルのスピードのほうが上だった。後ろ足はギチギチと縛り上げられ、逆さ吊《づ》りにこそならないものの、動きが封じられている。

俺とディアナはそれを確認するや否や茂みを飛び出した。

ディアナと争うかのように走った俺は、手にした槍《やり》をもがく大黒熊の心臓があるだろうところへ突き出した。大黒熊は後ろ足に気を取られて反応が一瞬遅れる。

スルリと抵抗なく槍の穂先が大黒熊の体へ潜り込んでいく。ある程度深くまで刺さったところで、槍からは手を離して後ろへ飛びすさり、腰に提げた短剣を抜き放った。

ブンと振られた腕は俺に届かない。とどめとばかりに、ディアナの槍が深々と大黒熊に突き刺さる。今度は大黒熊はビクともしない。

「これはやったかな」

前の世界の誰かが聞いていれば確実に「フラグだ」と言い出すであろう言葉を俺は口にする。しかし、異世界ではあるが現実はフィクションと同じようにはいかないらしい。大黒熊は体を起こすことはなかった。

「では、乾杯！」

『かんぱーい！』

俺達家族とジョランダさんはテラスで杯を打ち合わせる。理由はもちろん、大黒熊退治の成功を祝してである。

俺達の前には仕留めた熊の肉を焼いたものが並んでいる。現場で解体して、クルルに積んできたのだ。余った分は「狼《おおかみ》が始末してくれる」そうなので、そのままにしておいた。

しかし、事前の覚悟の割にはあっさり片がついてしまったなぁ。いや、事前に覚悟していたからこそ万全に準備をし、仕留めることができたのだと思おう。

怪我を全くしなかったのが何よりだ。全員元気で戻ってこられたのだし、これ以上の大勝利はない。

皆が笑ってこの食卓についている。目の前に並んでいる肉よりも、それが何よりの報酬だな。

「途中で派手な舌打ちが聞こえたけど、ありゃ誰のだったんだろうな」

サーミヤがそう切り出した。ニヤニヤと笑っているから、大体誰がしたのかは分かっているのだろう。散々幼少の頃の話をされた仕返しかな。

隣に座っていたジョランダさんが、バシンとサーミヤの肩を叩《たた》き、食卓は笑いに包まれる。

「そう言えば、皆さんにはお礼をしないとですね」

今の話を誤魔化《ごまか》すように、ジョランダさんがそう言った。

退治の帰りにチラッとジョランダさんのねぐらを確認したが、特に大きく荒らされている様子もなかったようなので、明日にはもう帰るそうだ。

「いやぁ、そういうのはいいですよ、サーミャの幼なじみでもあることですし」

「そうは言っても……」

ジョランダさんは引き下がる気はないらしい。でも、俺達もジョランダさんから欲しいものってないんだよな。

「うーん、あ、そう言えば」

ジョランダさんがポンと手を打った。しかし、俺達が注目していることに気がつくと、身を縮こまらせる。

「た、大したことじゃないんですけど、せめてものお礼で」

「全然平気ですよ」

俺がそう言うと、チラチラとこちらを窺《うかが》いながら、ジョランダさんは言った。

「最近、街で魔法のナイフが出回ってるらしいです。今度見に行こうかなと思ってたんですよ。私に手が出せるような値段じゃないんでしょうけど」

「へぇ。気になりますね。魔法ってことは火が出たりとか？」

「さぁ、さすがにそこまでは……。こんな情報なんかでお礼になるか分かりませんが」

「いえいえ、十分ですよ」

俺は笑って言った。魔法のナイフなんてものがあるのか。火が出ないとしても、また他の機能がついているのだろうか。一体どういうものか確認したいところだな。そして、可能ならうちでも作れそうか見ておきたい。

こうして夜は更け、うちにとっては二度目の大黒熊騒動は幕を閉じた。

# 2章　街での捜索

俺達が大黒熊を倒して数日、納品の日がやってきた。

納品物を荷車に積み込みながら、クルルと荷車を繋《つな》ぐ。クルルは久しぶりに荷車を牽《ひ》けるのが嬉《うれ》しいのか、目に見えて機嫌がいい。今もあまり大きくはない声でクルクルはしゃいでいる。

ディアナがそれをなだめている間に、荷物の積み込みを終える。御者台にリケが座り、手綱を操るとクルルは一声鳴いてゆっくりと歩き出した。

そこそこの速度で森を抜けていく。甲高い鳥の鳴き声や時折遠くから狼達の声が聞こえる以外には、竜車の走るガラゴロという音だけが森に響いている。その音のおかげなのかは分からないが、獣達に出くわすことなく森から出ることができた。

街道に出ると速度は更に上がる。近頃警戒されていた賊――うちに来て刀を発注していったニルダのことだ――はとっくにいなくなったはずとはいえ、それ以外の野盗の危険は依然としてあるので、警戒は怠らない。

先日の大黒熊の一件を考えなかったとしても、こういう場合にも射程の長い武器のほうが有利な点は多いし、新しい武器としてはまずはそのあたりを作るか。

街道でも結局何事も起こることはなく、無事街にたどり着くことができた。入り口に立っている衛兵さんに車上から会釈して通り過ぎる。

街中でうちの竜車はまだ馴染《なじ》みが薄いらしく、遠慮のない視線を向けられることが多い。向けられる視線の二割くらいが車の足回り、七割がリディで、一割はクルルだ。それぞれ珍しいのは間違いないので、仕方ない部分はある。クルルへの視線が減っているのは何度か来ているので、その分見慣れたということだろう。

エルフは滅多《めった》に見ることもないので、旅人らしき人間から、街の住民らしき人まで、幅広い人に見られている。

まぁ、街の住民はリディもクルルも両方見慣れてくれることだろう。なんせ二週間に一回は見かけることになるのだ。

街中をゆっくり進んで、カミロの店の倉庫に到着する。倉庫に竜車を入れたら、クルルを切り離して店の裏手に繋ぎとめる。前と同じように店員さんに水と飼い葉を頼んで、勝手知ったる店内を進んで商談室に入った。

しばらく身内で雑談していると、いつものようにカミロと番頭さんが商談室に入ってくる。

「よう」

「おう」

挨拶は最小限にしてさっさと本題に入る。

「今日持ってきたのはいつものか？」

「ああ。数もいつもと同じくらいだ」

「分かった」

今回はカミロからは特に何もないのだろう、すぐに番頭さんに目配せをする。番頭さんは頷《うなず》くと部屋を出ていった。

「そう言えば、聞きたいことがあったんだった」

「ん？　なんだ？」

「最近この辺りに魔法のナイフが出回ってると聞いてな。心当たりはあるか？」

「魔法？　なんだそりゃ」

カミロは眉を顰《ひそ》めた。

「まぁ、信憑性《しんぴょうせい》もよく分からん情報ではあるんだがな」

「うーん」

カミロは腕を組んで小首を傾《かし》げる。

「そんな凄《すご》いものがあれば、俺の耳にも入ってくるはずだが、そういうのは聞いてないな」

「そうか……」

「なんだ、欲しいのか？」

「欲しいといえば欲しい。そんなものなら、一つ入手して何か参考になるものがあるか確認したいからな」

「なるほどねぇ」

腕を組んだまま、口髭《くちひげ》を撫《な》でるカミロ。

「じゃあ、ちょっと探してみるよ」

「すまん、頼むな」

「なぁに、お安い御用だ」

カミロは力こぶを作って請け合ってくれた。俺達でも探しはするが、専門のプロの耳と目があるならより安心だ。


「そう言えば、サスペンションの開発はどうだ？」

「ああ。今のところお前の助けを借りなけりゃならないようなことは起きてないよ。もうそろそろ試作品が上がってくるはずだ」

「それなら良いんだ。俺が来るのは二週間に一回だが、何かあったら遠慮なく言ってくれ」

「分かった。すまんな」

「いいってことよ」

そう言って俺たちは商談室を後にし、クルルの元へ戻った。

クルルを見てくれていた丁稚《でっち》さんにチップを渡して、荷車にクルルを繋ぎ直して出発する。街中をゆっくり進んで、来たときと同じ衛兵さんに会釈をして街を出た。

クルルが来る前は時折衛兵さんの交代時間を過ぎていることもあったが、クルルが来てからは到着が早まっている分、帰りも早い。まだ三回こっきりだが、衛兵さんが交代する時間よりはだいぶ早く街を出られている。

このあたりはクルルさまさまと言うよりない。おかげで家に帰っても十分な時間が取れそうだ。


やや重そうな空模様のなか、続いていく街道をクルルの竜車が進んでいく。いつもどおりののんびりした街道の風景だ。

「前はここでニルダが出てきたんだよなぁ」

「そうでしたね」

俺の言葉に御者台のリケが答える。

「今日は何も出ないといいんだが」

「気は抜けないですね」

今もサーミャとディアナは周囲に目を走らせて警戒している。俺も気を抜いているわけではなく、周辺におかしい動きがないかや、気配を感じないかに注意を払っている。リディは武術的な警戒はしていないが、魔力的な警戒は行っている。

この世界ではある程度の魔力を持っていて、なおかつ手ほどきを受けている者だけが魔法を使えるようなので絶対数が少ないのだが、それでも野盗が使ってこないという保証は何一つないからな。なんせ魔法を使える鍛冶屋がいるんだし。

しかし、この日は結局街道では何も起こらなかった。おそらくはまだ賊の捜索や警備で衛兵隊の巡回が増えていたりするせいだろう。その結果として治安が良くなっているのはやっぱり皮肉ではあるな。

周囲を窺《うかが》って森に入る。竜車はそこそこ派手な音を立てるから、好奇心旺盛な動物以外は近寄ってこない。

なので、普段はここからのほうが安心なくらいなのだが、この間のように熊がうろついていないとも限らないから、気は抜けない。

クルルとサーミャの感覚が頼りではあるが、どちらも鋭敏さにかけては信頼できるので彼女達の警戒をメインに、俺とディアナの目視、リディの魔力警戒で体制としては万全を期しての警戒を続ける。

森でも時々タヌキみたいなのが顔を出した以外は何かが起きることもなく、無事に家にたどり着くことができた。

この生活を始めてからそこそこになるが、毎度過剰な警戒をしているのでは、という感覚が拭えない。実際はそんなことはないのだが。

前の世界では世界的にはかなり治安がいい国にいたから、その感覚でものを考える癖がついたままになっている。

なんせ四十と数年はその感覚のままで過ごしてきたのだから、数ヶ月かそこらで抜けるわけもない。このあたりは今後この第二の人生を送るなかで、変わっていければ良いのだが。

家に着いて諸々《もろもろ》を片付けていく。クルルは荷車を牽けてかなりご機嫌なようだ。装具を外してもあたりを走り回っていた。

そんないつもの光景を眺めながら、俺は荷物を家に運び込む。所狭しと並んだ品物。そろそろ本格的に倉庫が必要かも知れないな。

◇◇◇

その日の夜、俺は皆に明日リケと二人で街へナイフを探しに行くことを告げた。

背嚢《はいのう》を背負って俺はリケに声をかけた。

「それじゃあ行くか」

「はい！」

リケも背嚢を背負っている。しかし、俺もリケも背嚢にはほぼ何も入れていない。街へ行く目的は卸しでも仕入れでもないからだ。

今日の目的はジョランダさんに聞いた業物を街で探すこと。カミロに聞いても心当たりがないということは、大きな店で売っているわけではないのだろう。

となれば、自分の足で探すしかあるまい。商品を卸しに行くついでにしないのは、今日一日で探し切るつもりだからである。勿論《もちろん》、今日一日で見つからない可能性は十分にある。

しかし、毎度商品を卸しに行くついでに探すのもあれなので、今日丸一日探して見つからなかったら基本諦める算段にした。

鍛冶が本業の二人が出払うので、他の皆も鍛冶場の仕事は休みだ。今日は好きなことをしてていいと言ってある。

サーミャとディアナとリディ、そしてクルルの組み合わせだし、大黒熊も退治したところだから多分森へ行くんだろうな。

「じゃあ、行ってきます」

「いってらっしゃい」「クルルー」

俺とリケは皆に手を振って家を発《た》った。

いつもは皆と進む道を二人だけで進んでいく。俺もリケもサーミャのように鼻が利くわけではないが、それなりに長い間過ごしてきた経験からか、なんとなく避けたほうが良さそうなところは分かるようになってきた。

「そう言えば、リケと二人は初めてか」

「ああ、そうですね。私が来たときにはもうサーミャがいましたし」

「だなぁ」

あそこでサーミャと出会っていなければ、リケと先に出会っていたのだろうか。

いや、サーミャがいなければ、街へどう行けばいいのか分かっていたか怪しい。そうなると街に俺のナイフが並ぶタイミングが遅れたはずで、リケが街に滞在している時にナイフを見かけることも、俺に声をかけることもなかったかも知れない。

そう思うと、出会いの順番ってのは運命もあるんだなと考えてしまう。

「まぁ、オッさんと二人旅だが、腐らずいてくれるとありがたい」

「そんな！」

リケがものすごい大声を出した。バサバサと近くの枝から鳥が飛びたつ音が聞こえる。

「親方と一緒に行けるんですから、つまらないなんてことはないですよ！」

「分かった分かった」

俺は苦笑した。ドワーフだからなのか、それとも鍛冶屋という大きな音が日常的に響く環境で育ったからか、リケはめちゃくちゃデカい声が出せるのだ。

狼《おおかみ》も驚くような声だったからか、森の中では特に何に出くわすこともなく、抜けることができた。

街道は今日も風が通り抜けていてとても気持ちが良い。ざわり、と風が草を撫でていく音が響いていた。

「こうしてここを歩くのも、久しぶりな気がするな」

「最初の頃は荷車もなかったですしね」

「そうだったそうだった」

あれから荷車が増え、クルルが来て竜車になり、それにサスペンションまでついた。今は自分の足で立って、自分の目の高さで見ている。

「たまにはこういうのも必要かもなぁ」

風に顔を撫でられながら俺は言った。スローライフを目指すのなら、こういう時間は増やしたいところだ。

「時々クルルちゃんも連れて行きましょうよ」

「そうだなぁ」

あの子も人なつっこい子だしな。あの街の人々とお互いに慣れることも図れるし、時々特に用がなくとも連れて行くことを考えてみるか。


街道上を気をつけながら進んでいく。人間の男とドワーフの二人組という珍しい組み合わせは野盗が襲いかかろうと思うかどうかはともかく、目を引くことは間違いない。あんまりトラブルには出会いたくないし、さっさと街に入ろう。


巡回している衛兵隊のおかげだろうか、何も起きることなく街の入り口にたどり着いた。そこにいるのは顔見知りの衛兵さんである。

「どうも」

「おや、二人だけかい？」

「ええ、いつもとはちょっと違う用がありまして」

「ふぅん」

衛兵さんの目が鋭く光る。街道や街中を守っている目である。その目が俺とリケを眺めた。

「あんたらには今更だけど、気をつけてな」

鋭かった目が柔和なものに変わっている。いつもどおりの衛兵さんだ。

「はい、ありがとうございます」

俺は頭を下げてその横を通る。彼の目はもう俺達ではなく、街道を行き交う人を眺めていた。


いつもなら脇目も振らずに通り過ぎていく街路。都ほどではないが、この街が都へ行く途上にあることもあって、様々な種族、性別、年齢の人々で溢《あふ》れている。

人が集まれば、そこで金を稼ごうとするのはどこでも変わらない。俺が初めて物を売った自由市もそうだが、ここにも露店があるし、カミロのように店を構えている者もいる。

街には昔から存在する壁がある。俺達が今いるこのあたりはその壁の外側で、〝壁外〟や〝新市街〟と呼ばれている。内側には昔からこの街に住んでいる地主や自由農民、あるいは貴族が住んでいて、新市街とは違うルールで動いている、らしい。

というか、この新市街は厳密には「この街ではない」ことになっている。あくまで街とは壁の内側であって、ここらはその壁の外に勝手に住み着いている、という扱いだ。

さすがに無法というわけでもないが、あれこれかなり自由なのはそれが要因らしい。

そんなわけで、最近入ってきたようなものなら、壁内よりは新市街のほうにあるだろう、と思って新市街をうろついているわけだ。

カミロは聞いたことがないと言っていたし、そっちのほうにはないと思うので、俺とリケはその反対側のあたりを覗いてみることにした。

「ここは……パン職人か」

「あれは旅籠《はたご》ですね」

他には肉屋や生地を売っている店なども雑多に並んでいる。壁の内側では店を構えて良い場所が職種ごとに決まっていると聞くので、この状況も新市街ならではってことか。

俺とリケはいくつか鋳掛け屋や小間物屋のような店を見つけては、声をかける。

「すみません、ナイフがあれば見せていただきたいんですが」

「ん？　ああ、いいよ、そこにあるから」

「ありがとうございます」

パッと見てみるが、魔法のナイフではなく、ごくごく普通のナイフだし、作った人には悪いが業物でもない。普通に使うならこれでも十分だし、値段もお手頃なのだろう。俺は店主に礼を言って、店を離れた。

その後もいくつかの店を回ってみたが、今のところ「業物」と言えるようなものは見つかっていない。

「うーん、見つからないな」

「ですねぇ」

しかし、それでも時間は過ぎるもので、太陽は既に中天を過ぎていた。

これまでに食べたものと言えば、家でとった朝食くらいなもので、つまりそこからかなりの時間飲まず食わずでウロウロしていたことになる。

流石《さすが》に腹が内容物のなさを嘆き始める頃だ。俺はリケに言った。

「どっかでメシにしよう。せっかくだから露店とか前に行ったとこじゃなくて、知らないところが良いな」

「そうですねぇ」

「どこが良いかなぁ」

キョロキョロと見回しながら狭めの路地を歩いていると、一軒のこぢんまりとした店を見つけた。

軒先には水瓶《みずがめ》に首を突っ込む水鳥の図案が彫られた看板が下がっていて、その下には〝水飲みガチョウ亭〟とある。店はあまり大きくはないらしい。中の喧噪《けんそう》は外まで聞こえてこない。

「ああ、いいな、こういうところ」

前の世界でよく行っていた食堂がこんな感じだった。あそこのおばちゃん、元気にしてっかな。

「ここにします？」

リケが小首を傾《かし》げながら聞いてきた。俺はそれに力強く頷《うなず》く。

「うん、ここがよさそうだ」

俺とリケは、開け放たれた扉から店の中に入った。

中に入ると、新市街の小さな食堂にしては綺麗《きれい》にしてある。確かリケが逗留《とうりゅう》していた宿屋は失礼ながら、もう少し小汚かったような。

店内にはほとんど客がいなかった。喧噪が聞こえてこないのではなく、そもそも客があまりいないのか……。

時間的にもそんなに客が減るような時間でもないはずなのだが、この客の入りは不安になってくる。これは失敗したか、今ならまだ入店したことには気づかれてないようだし、今すぐ出れば間に合うかも、と思っていたが、

「いらっしゃい！」

店の奥から、元気な声が響いてきた。女性の声だ。声の主はすぐに飛び出すように出てきた。

緑の髪を三つ編みにした若い女性で、動きやすそうな服にエプロンを着けている。顔にそばかすがあるが、彼女のはつらつとした感じには、それもよく似合っていた。

「そこね！」

「あ、はい」

完全に出るチャンスを失った俺とリケは、大人しく女性の示したテーブルについた。

「この時間は作れるものだけになっちゃうけどいい？」

「ああ、むしろそっちのほうがありがたいです」

「ありがとう。ちょっと待っててね！」

女性はそう言って出てきたときと同じような勢いで奥に引っ込んだ。ウェイトレスのような人なのかと思っていたが、もしかして彼女がこの店の主《あるじ》なのだろうか。

「こうなったら覚悟を決めるしかないか」

「お供しますよ」

俺とリケは小声でささやき、笑い合う。まぁ、こういうときの失敗談は良い土産話になるだろう。一番困るのは土産話にもならないような、中途半端な場合なのでできればそれは避けたいところだ。

食べたら新市街のどのあたりを攻めようかと二人であれこれ言っていると、「お待たせー」と先程の女性が料理を運んできた。

根菜のスープに、鳥っぽい肉に少し香草をかけて焼いたもの、それに無発酵パンである。見た目にはとても美味《うま》そうだ。

「いただきます」

運ばれてきた料理に、いつものとおり手を合わせる。女性は一瞬面食らったようだったが、すぐに笑顔で「ごゆっくり」と引っ込んでいった。

「さてさて、どうかな」

俺は呟《つぶや》いて、肉のほうを口に運んだ。じゅわりと肉汁が口の中に広がり、その後をほんのりと香草の香りが追いかけてきた。

「この肉焼いたやつ美味いな」

「こっちのスープも美味《おい》しいですよ」

リケはスープのほうからいったらしい。言われて俺もスープを口に運ぶ。コンソメ……と言うには少し足りない感じがあるが、根菜と肉か骨のものらしき旨《うま》みが出ていて、体に染み渡るようだった。

「うん、こっちも美味い」

「この店、当たりなのでは」

「だな」

正直あまり期待していなかった分と、空《す》きっ腹《ぱら》を抱えていた分で、その分美味く感じているのは確かだろうが、それを差っ引いても十分に美味い。

ここに店を構えている理由が本人のこだわりなのか、それとも他の事情でなのかは分からないが、あともう二つか三つ目抜き通りに近い筋に店があれば、かなり繁盛しているだろうに。

その後は、二人とも黙々と少し遅い昼食を平らげた。


すっかり料理を平らげて、ふと気がつくと店には俺達しかいなかった。都合がいいので客が来るまでもう少し居座らせてもらうことにして、新市街の攻略について話し合う。

「もうこっちのほうはあらかた探しましたよねぇ」

「そうだなぁ。あとは見る店が違うとかかもな」

「ああ、普通のとこは仕入れ先決まってますもんね」

うちがカミロのところに卸しているのと同じで、決まったところから仕入れてる店が、少々のことでそれを変えることはないだろう。

と、なれば新たに刃物を扱うようになったところが、魔法のナイフを取り扱っている店の可能性が高そうだ。

「よし、もう少し別の店も当たってみるか」

俺は決意を新たにした……のは良いが、そうは言ってもむやみやたらに店を当たっても時間の無駄だ。ある程度目標は絞りたい。

「あら、もう食べ終わったの？」

そこへ、裏での仕事を片付けたのか、（おそらく）店主の女性が出てきた。あ、そうか。

「ここらで魔法のナイフを売るようになった店って知ってます？」

下町で食堂をしている彼女なら何か知っているかも知れない。残念ながら客の入りは良くないようだが、それでも人が集まりやすいところには違いない。

それにダメで元々だ。ゼロの情報がゼロのままというだけだし、何かきっかけだけでも掴《つか》めればそれでいい。

「魔法のナイフ？　そうねぇ……」

女性は腕組みをして考え込んでいる。これは望み薄かな。そう思ったとき、女性はぽんと手を打ち合わせた。

「そうそう、三軒先のジョニーさんがなんか凄《すご》いナイフを手に入れたから、買わないかって言ってきてたわね」

「それだ！」「それです！」

俺とリケは打ち合わされた女性の手を取って叫んだ。二人ともすぐに気がついて手を離す。

「す、すみません」

「いえいえ」

女性はニッコリと微笑《ほほえ》んだ。その笑みが今の俺には聖母のようにも見える。いかんいかん、それよりもまずは目的を果たさねば。

「ありがとうございます！　本当に美味しかったです！」

俺は懐から銅貨を数枚取り出して、女性に渡す。女性は銅貨を受け取ると、

「良かったらまた来てね」

と再び微笑む。俺とリケは、

「そりゃもう是非」

そう言って、水飲みガチョウ亭を後にした。


そして今、俺とリケは女性の言った三軒先のジョニーさんのところに来ている。どうやら彼は革なめし職人のようだ。

「ここは盲点だな……」

俺が言うと、リケが頷いた。多分自分の仕事で使うついでに仕入れたのだろう。こんなところでナイフを買おうと思う人間はそりゃあいない。

「ごめんください」

俺が声をかけると、髭《ひげ》もじゃの男がのそりと出てきた。この人がジョニーさんだろう。いかにも職人って感じの人だなぁ。俺もあんまり人のことは言えないのだろうけど。

「なんだい？」

「水飲みガチョウ亭の方から、ここで魔法のナイフを扱ってらっしゃると聞きまして……」

ジョニーさんは一瞬怪訝《けげん》そうな顔をしたが、すぐにはたと気がついたようだった。

「ああ、あれかぁ。ちょっと待ってな」

ジョニーさんは奥に引っ込むとそんなに時間の経《た》たないうちに戻ってくる。手には布にくるまれているナイフらしきものを持っている。あれがそうか。

「探してるのはこれだろ？」

「ええ。おいくらですか？」

俺は言われた金額をジョニーさんに支払う。魔法のナイフにしては妙に安い。

「ありがとうございます」

「魔法みたいによく切れるから気をつけなよ」

「魔法みたい？」

「そうそう。普通のナイフと一緒に買おうとしたら、売ってくれたやつがそう言ってたんだよ。まあ、実際よく切れたんだけど」

「じゃあ、火が出たりとかは……」

「そういうのは聞いてないなあ」

「そうですか。それでは」

多少ガッカリしながら、俺はナイフを受け取り背嚢《はいのう》に入れると、そそくさとジョニーさんの店を離れた。

魔法のと言っても、本当に何らかの魔法ということではなかったようだ。

まぁ、それでもそう名乗るほど切れ味が良いのであれば、それはそれで興味があるから、よしとしよう。

急ぎ足で他から目立たないところに移動して、俺はナイフを背嚢から取り出した。変わらず布に包まれていて、どのような鞘《さや》でどのような柄《つか》なのかは全く分からない。

「親方、早く」

「まぁそう急《せ》かすな」

新しい玩具《おもちゃ》を買ってもらった子供のようにリケが急かしてくるので、それをなだめながら、ゆっくりとナイフを包んでいる布を剥《は》ぎ取っていく。

やがて、そのナイフは姿を現した。

俺とリケはそのナイフを見て、目を丸くする。正確にはナイフの柄を見て、だ。

そこにあったのは、太った猫が座っている意匠の刻印。

つまり、正真正銘エイゾウ工房の、俺の工房の製品だったのだ。

# 3章　料理屋

俺とリケは笑いをこらえながら、家路についた。危うく街の入り口の衛兵さんに止められかねないくらいには不審な様子になってしまっていたわけだが、それも街道に出てしばらくまでだった。

「はっはっは！」

「あはははは！」

俺とリケは誰もいない街道で二人、大声で笑う。いや、まさか自分達の作ったものを一日近く追い求めていたとは。これでいいなら家にはゴロゴロある。

「結果的に骨折り損のくたびれもうけだったわけだけど、息抜きにはちょうど良かったよ」

「そうですね。うちの製品のよさも再確認できましたし」

「そうだな」

言って俺とリケはもう一度笑う。こうして、家にたどり着いた俺とリケは、家族を大爆笑の渦にたたき込んだのだった。

「結局無駄足ではあったけど、世話になったからな、今度、納品のついでにでも礼を言いに行くよ」

「そうねぇ」

ディアナがうんうんと頷《うなず》く。彼女はなんだかんだ義理堅い。ここで俺が言わなけりゃ彼女が言い出していただろう。

「ジョランダの情報はなんだったんだろう」

首を捻《ひね》っているのはサーミャである。

「多分だけど、うちのナイフの話が人から人へ伝わっていくに従って、情報の細部がうまく伝わらなかったんじゃないかな」

うちのナイフの特徴をドンドン削《そ》ぎ落《お》として本質だけを残せば、〝魔法のナイフ〟という単語だけが残る。つまりはそういう話なのではないだろうか。

「うーん、そういうもんなのか」

「多分な。もしジョランダさんに会ったら、うちのだって教えてといてやれよ」

「おう」

「なんならあげてもいいからな」

「分かってるよ」

サーミャは手のひらを振りながら言って、ナイフの話は終わりになった。

◇　◇　◇

それから再び数日が過ぎていき、納品の日がやってきた。いつものとおりに準備をし、いつものとおりに街にたどり着いて、納品を済ませる。

クルルはカミロのところの丁稚《でっち》さんとすっかり仲良くなっていて、今日も二人裏庭でかけっこだか鬼ごっこだかをしていた。丁稚さんのためにも、今後もなるべく定期的に来るようにしよう……。

そして、納品の帰り道。

「じゃ、ちょっと行ってくるから、ここで待っててくれ」

水飲みガチョウ亭から一番近い表通りにクルルが牽《ひ》く竜車を停《と》めてもらい、竜車から降りる。懐には幾ばくかのお金を入れておいた。とりあえずは金銭をもって礼に代える腹である。

路地をいくつか抜けると、見覚えのある看板が見えてきた。まだピーク時間には少し早いはずだが、店の扉は開いていた。俺はそこから店に入って、声をかける。

「ごめんくださーい」

「はーい！　あら！　こないだの！」

最初ニョキッと頭だけが出てきて、すぐに体ごと出てきた。

「どうも」

俺は頭を下げた。

「こないだは助かりました。今日はお礼をしたくて」

「ええー？　律儀だねぇ。別に良かったのに」

「いやあ、そういうわけにもいかないですよ」

俺がそう言って懐をゴソゴソと探っていると、

「ちょっと待った」

女性は手のひらをこちらに見せて、俺の行動を遮った。

「あんた、まさかお金を出そうとしてるんじゃないだろうね？」

「ダメでしたか？」

「ダメダメ、大したことしてないんだから、受け取れないよ」

ダメか。この手の人はこうなったら頑として受け取らないからなぁ。

「そうは言っても、私もこのまま何もせずに帰るわけにはいきません」

こういうときはめんどくさいオッさん戦法だ。こっちはこっちで何らかのお礼を絶対にするのだという姿勢を見せる。

それが功を奏したのか、女性は大きなため息をついた。

「はぁ、それじゃあ、あんたにはナイフの情報をあげたから、変わった肉の情報でも貰《もら》おうかな」

「変わった肉……ですか」

それは俺にとってはお安いご用すぎるのだが。

「それと」

「なんでしょう？」

まだあるらしい。お礼をしたいと来ているのは俺のほうなので、無茶《むちゃ》な要求でなければ全然聞くつもりではあるが。

「そのかしこまったの、やめない？」

なるほど。これは下手に抵抗しないほうが良さそうだ。

「……わかった。じゃあ、気楽に接するようにするよ」

「それでよし」

女性は屈託のない笑顔で笑う。

「で、変わった肉の話だけどな。心当たりもなにも、うちにはいくらでもあるんだよ」

「どういうこと？」

「うちは〝黒の森〟にあるからな」

「は？」

まぁ、普通はそういう反応になるわな。

「だから、俺の家と工房は〝黒の森〟にあるんだよ、ええと……」

そう言えば俺はまだ名前を知らないのだった。

「アシーナよ」

「ありがとう。俺はエイゾウだ。ええと、それでアシーナ。俺は〝黒の森〟に住んでいる。一人じゃなくて、こないだ一緒に来たドワーフの子や、獣人の子なんかと一緒だけどな」

「ああ、あの子か。いやいや、そうじゃなくて、〝黒の森〟？」

「そうそう」

「いやいや、嘘《うそ》でしょ？　だって〝黒の森〟でしょ？」

「それが本当なんだよなあ」

「うーん」

いまいち納得しきれないのか、アシーナは腕を組んだ。だが、

「ま、いいや。そんな嘘ついてもなんの得もないし、信じる」

「ありがとよ」

俺は苦笑した。一方、アシーナの興味は素早く肉へと移る。切り替えの早い子だな。

「にしても、〝黒の森〟の肉かぁ」

「毒なんかはないぞ。実際俺も食ってるし」

アシーナは考え込んでいる。いかなる計算が頭で働いているのかは分からない。

「……それじゃあ、持ってきてもらおうかな」

「早速明日持ってくるよ」

「いいの？」

俺は頷いた。このところ二日連続で街へ来る機会が増えているように思うが、そこは気にしないでおく。

「じゃ、遠慮なく頼むわね。朝のうちって大丈夫？」

「明日は俺一人で来るつもりだし、大丈夫だよ」

「それじゃ、お願いね」

「分かった」

そう言って俺とアシーナは握手を交わした。

「何か食べてく？」

「今日は家族を待たせてあるんでな。また来るよ」

「あら、残念。分かった、それじゃあまた明日ね」

「ああ。また明日」

俺は手を振って、水飲みガチョウ亭を後にする。さてさて、ちょっと忙しくなってきたぞ。


「お待たせ」

俺は竜車に乗り込みながら言った。

「ちょっと時間がかかったんですね」

静かな声でリディが言う。しかし、なんでだろう、微妙に迫力というか圧というか、プレッシャーを感じる。

「いやまぁ、実はな……」

俺は先程の水飲みガチョウ亭でのことを話した。そりゃもう包み隠さずである。

割とすんなり皆納得してくれて、俺が胸をなで下ろすことになったのは言うまでもない。

◇　◇　◇

「どうもー」

若干街の入り口で衛兵さんに訝《いぶか》しがられながらも、一人で街にやってきた俺は、水飲みガチョウ亭の扉を開けて声をかけた。

バタバタと足音がして、女性が奥から出てくる。アシーナだ。

彼女は入ってきたのが俺だと分かると、ニッコリと満面の笑みを浮かべながら、

「いらっしゃい！　入って入って！」

と挨拶をしてくれた。相変わらず元気いっぱいで、俺も元気になってくるような気がする。

前に来た時も結構静かだったが、今日は静寂という言葉が似合っている。まぁ、開店前らしいから当たり前ではあるのだが。


俺はすすめられたテーブルについた。目の前のカップにはハーブティーが湯気を立てている。

「前はお店開けてしばらくした後だったけど、今日と変わらないくらい静かだったでしょ？」

笑いながらアシーナが言った。

「まぁなぁ……。もったいないと思うよ」

彼女の腕前を考えれば、都で食堂をやっている（らしい）サンドロのおやっさんクラスと言っても過言ではない。流行《はや》ってると聞いたから、この店もそれくらいは流行ってもいいはずなのだが。

彼女に要求されたとおり、何か目新しいものがあったほうがよさそうではある。それで目を引いて一度でも口にしてもらえたら、ということなんだろう。

「ありがとう」

アシーナは再び笑顔になった。俺は背負っていた背嚢《はいのう》から荷物を取り出す。

「早速だが、これがそうだ」

「〝黒の森〟の猪《いのしし》と鹿の肉、ね……」

俺は頷《うなず》いた。うちにならそれこそ売るほどある肉だが、街……というかこの世界の大抵の場所ではそうではない。

獣人達も狩りはするが、基本的には自家消費のみで、自由市で売ったりしないらしい。サーミャが言っていた。ジョランダさんは……人でごった返す自由市であの人が商売するのは無理か。

「綺麗な肉だね」

「そうだな」

自分も幾度か解体に参加したし、料理を作るときには目にしているから分かるが、環境によるものなのか、結構いい肉質なのだ。

「これは安定して卸してもらえるの？」

「もちろん。まぁ、唐突に三十人前分とか言われたら無理だし、毎日というわけにはいかないが」

肉はサーミャ達が週に一回狩りに出ており、ガンガン増えているところである。

「なるほど、でもこれをそのまま出しても、うちの客の入りはあんまり変わらないよね」

首を捻り腕組みをするアシーナ。

「同じメニューじゃなぁ。〝黒の森〟産ってのも眉唾だと思われたらおしまいだし。他の要素で、どこまで興味を引き出せるかだろ」

「だよね」

俺の言葉に、アシーナは唇を尖《とが》らせた。新しいメニューが必要なのは彼女も理解しているが、家で食うだけならともかく、客に出せるレベルとなるとおいそれとはいかないだろうな。

「うーん、誰でも食べられて、新しいもの……」

アシーナはうんうん唸《うな》りながら考え込んでいた。俺も一緒になって考える。

しかし、実際には俺の頭の中には前の世界の料理の知識がある。いくつかは細かい分量はともかく、大まかな材料とその分量、そして調理手順も知っているが、食も文化には違いない。ほいほいと教えてしまって、それがこの世界の文化を汚してしまうようなことにならないか、それが心配なのだ。これは〝黒の森〟の一軒家でのみ出すものとは違う。

とはいえだ、あくまでも俺基準の話になってきてしまうが、原理や技術そのものがあるものは最初に見つけるのが誰か、というだけのようにも思える。

例えば、ここでハンバーグの作り方を教えるくらいであれば問題ないのではなかろうか。「挽肉《ひきにく》をまとめて焼いたもの」だと考えれば、別に難しいものでもあるまい。

俺は早速ハンバーグを名物料理にするのはどうかと提案してみた。

「うーん、悪くないんだけど……」

「ダメか？」

「料理としてはとても良いと思うよ。でも、うちだと一人で切り盛りしてるから、あんまり手間をかけられないんだよね」

「あー、なるほど……それはそうだ」

ここはあくまで下町の食堂なのだ。それも若い女性が一人で切り盛りしているのである。それで店を回していかなくてはいけないから、手間のかかる料理はできない。

なるほど、それで俺とリケが初めて来たときに、スープと焼いただけのものと、調理法としてはシンプルなものが出てきたのか。

「とすると、色んなスパイスをふんだんに使ったようなものは……」

「そんなのうちで出しても、そのお金を出せるお客がいないよ」

「だよな」

うん、分かってた。そりゃそうだ。この世界では赤い缶に入ったお手頃値段のカレー粉なんて物は売ってない。となれば次に引っかかるのはコストの問題だ。

極端な話、一人前金貨一枚なんて値段だったとして、下町の食堂でそれを注文する客がいるだろうか？　いないと考えるのが普通だろう。

うーん、何か他にシンプルで安いレシピはあったかな……。俺がそう考えていると、俺の肩に手が置かれた。

「ありがとう。エイゾウは優しいね」

「なんだ？　藪《やぶ》から棒《ぼう》に」

アシーナはフッと柔らかく笑う。

「だって私たち、知り合って間もないんだよ？　それにうちがどうなったってエイゾウには関係ないじゃない」

「俺としてはその辺あんまり関係ないけどな」

友情も信頼も尊敬も時間が醸成することもあれば、そうでないこともある。

目の前で才能ある若人がその才を活《い》かせず潰れていくかも知れないってときに、黙って見過ごすような真似《まね》をしたくない。これはこれで、前の世界の後悔と反省ではあるのだが。

「ほら、やっぱり優しい」

「……」

「エイゾウの仕事って何？」

「俺のか？」

アシーナは頷いた。

「俺の仕事は鍛冶屋だ」

あれこれやりすぎてて、時折自分でも何の仕事をしているのか分からなくなりそうなことはあるが、やはり俺の中では俺は「一介の鍛冶屋のオッさん」だし、そうありたい。

アシーナは納得したようにうんうんと頷く。

「鍛冶屋として立派な包丁なんかを作るのがエイゾウの仕事でしょう？」

「そうだな」

「だから、美味《おい》しくて安くて、私がちゃんと作れるものを考えるのは、料理屋の私の仕事なんだよ」

俺はハッとした。と、同時に恥ずかしくもなった。彼女は俺より若い。肉体年齢的にも中身の年齢的にも。もしかすると中身の年齢から見れば自分の子供でもおかしくない年齢かも知れない。

しかし、だからと言って彼女の、アシーナの職人としてのプライドを無視してまでやるべきことなんか何もない。ここを一人で切り盛りしているのだから。

「そうか……そうだな……」

俺はやっとでそれだけを言うことができた。アシーナはそんな俺を見て、ニッコリと笑う。

「それはそれとして、二週間に一回程度、カミロってやつのところに納品に行くついでにここにも肉を届ける、ってことでいいか?」

俺は鍛冶屋から少し外れた仕事の話を進める。こうしてないと、目から何かがこぼれてしまいそうだ。

「うん。じゃ、改めてよろしくね」

「ああ」

俺とアシーナは握手を交わす。お互い対等な立場の人間として。

こうして、我がエイゾウ工房の仕事が少しだけ増えることになった。

# 4章　倉庫づくりと弓づくり

　また納品の日が巡ってきた。今日からはいくらか肉も積んでいく。とは言ってもカミロの店に卸すためのものではない。水飲みガチョウ亭で使うのだ。今日からはルートに肉の配達が増えることになる。

　ちょっとだけやることが増えたと言っても、基本的にはやるべきことは変わらない。森を抜けて、街道を進み、街に着いたら納品をして帰ってくる。

　そして、家に帰った後は思い思いの時間を過ごす。

　というのがいつもどおりなのだが、今日は今後の予定についての会議……と言うと少し大げさだが、話し合いの時間を設けた。


「そろそろ倉庫が必要だと思う。今はまだ平気だが、必要になってから建てたんじゃ遅いし」

　開口一番、俺はそう切り出した。

「そうねぇ。今後、農作物の収穫とかするようになれば必要よね」

「炭や鉄石もなるべく貯蔵したいですしね」

　ディアナとリケは賛成のようだ。

「革とか肉を置いとくスペースは、家とは別にあったほうが良いとアタシも思う。肉を街の食いもん屋に卸すんだろ？」

「私も異論はありません。畑の規模的には大収穫はないでしょうけど、すべてをこちらで貯蔵するのは不可能だと思いますし」

サーミャとリディも異論はないらしい。

「じゃあ、明日からは倉庫二棟を作るか」

俺がそう言うと、

「部屋の追加は良いのかよ？」

サーミャが混ぜっ返してきたので、俺は渋面を作ってそれに答える。

「これ以上家族が増える予定はないから、いらないんじゃないか？」

「ホントに？」

ディアナが完全に信用していない目線を向けてくる。それはサーミャは言うに及ばず、リケもリディもだ。

「ホントだよ！」

俺はそう叫んだが、女性陣は、

「まぁ、余裕ができたら作りましょう」

「そうね、それが良いわね」

「異議なし！」

「そうですね」
と俺の言葉に耳を貸さないのだった。

翌日、倉庫の建設を始める。クルルの小屋の近くに建設予定地として縄張りをし、柱を立てる位置を決める。

位置を決めたら穴掘りは俺の仕事だ。ここらの土は硬い。鋤《すき》のような農具を使って穴を掘り、土を掻《か》き出《だ》す。その間に、クルルも含めた他の皆に材木を運んできてもらう。

材木を運べてクルルがご機嫌なので、それと一緒にディアナの機嫌もどんどん良くなっていく。良いことだ。

穴を掘り終わって土を細めの材木を使って固めたら、柱にする材木を立てていく。ここもクルルが張り切ってくれたおかげで割とあっさりと終わった。持ってきてもらった残りの材木を俺とサーミヤで、木挽《こび》き鋸《のこぎり》を使って板にしていく。

倉庫なので、床は地面からの湿気を受けないように地面から離した高さに作りたい。そのための根太《ねだ》を、板を作っていないディアナたちに掛けていってもらう。ディアナとリケは慣れてきていて、割とスムーズだ。

リディはエルフの里でも多少の補修なんかは自分達でしていた（里は基本僻地《へきち》にならざるをえないので毎度職人を呼ぶわけにもいかない）そうなので、まだ多少おぼつかないところがあっても心配をせねばならないほどではない。

リケは半分本職みたいなもんだし、ディアナの適応の早さがちょっとおかしいだけだ。お転婆《てんば》だとそうなるのか、武勲こそ家の誉れという家風だとそうなるのか。

根太を掛け終わったら、今度は梁《はり》を渡していく。鍛冶仕事の合間にちょいちょい釘《くぎ》（と矢じり）を作っていたが、なるべく消費しないで済むようにほぞを切って梁と柱を固定するようにする。

現場合わせだが、ここらは生産チートの適用範囲内だからチョイチョイと作れるのが助かる。梁を渡し終えて、棟木《むなぎ》を上げたあたりで一日が終わってしまった。

それでも二棟でこの早さは異様なはずだ。チートのおかげもあるが、クルルのお手伝いもかなり功を奏している。

「だいぶ助かったよ。ありがとうな」

俺がクルルの頭を撫《な》でながら言うと、

「クルルルル」

クルルは嬉《うれ》しそうに一声鳴くのだった。

◇◇◇

翌日、今日は屋根の垂木《たるき》を渡していく。今日もクルルのおかげで結構捗《はかど》っている。チートで加工した垂木を二棟に渡し終えて、いよいよ釘を使っての床張りだ。

全員で床板を運んで根太に釘で固定していく。単純ではあるが、一箇所ズレるとドンドン合わなくなっていくので、床板はズレないようにピッタリと合わせて張っていく必要がある。

そこそこの広さを持たせたし、釘で留めるのにもチートは有効ではあるが皆とさほど違いはないので、綺麗《きれい》に張っていくとどうしても時間がかかる。

この日は二棟の床を張り終えたところで作業を終わりにしておいた。床だけでもできると割と建物感があるな。

◇◇◇

更に翌日は壁を張り始めていく。もちろん扉のところは開口しておかないと出入りができないので、扉の枠は先に作っておく。倉庫なので片開きの一枚扉ではなく、観音開きの二枚扉のサイズだ。

皆黙々と槌《つち》を片手に、釘を打ち込んで壁板を柱に留めていく。下のほうから留めていって、壁板の上端に、上に張る壁板の下端が少し被《かぶ》るようにしておいた。こうしておけば雨の浸入を防ぎやすく、湿気の調整もできるかと思ったのだ。

それに当たっての加工はもちろんチートだよりで行っている。チートで行った分正確性が多少求められるが、昨日の床板張りで慣れてきている分、今日の作業も戸惑うことなく進められている。

とはいえ、それなりに大きい建物の壁板である。床板以上に面積が広いこともあって、この日は結局壁ができたところで終わった。

屋根と扉がないので、一見すると暴風で屋根が飛ばされた家のようにも見える。

「明日屋根を張ったら完成かな」

「そうですね。その後扉をつけたら完璧です」

「だな」

俺とリケ、そしてサーミャはお互いにそんな言葉を交わして、今日の作業の後片付けを始めた。

◇◇◇

更に翌日。今日は倉庫の屋根と扉の製作である。皆に屋根板を張ってもらっている間に、俺は扉の作製である。

今回は観音開きの扉が二セット必要だ。それに倉庫の扉なのである程度大きく作る必要がある。実際、今ポッカリと空いているだけの開口部は結構デカい。それに合わせた扉だ。

材木を切り出して木枠を四つ作る。そこに横向きに板を張っていき、愛用のナイフで細工した木製の取っ手を釘で取り付けた。不用意に開かないように、閂《かんぬき》を通すL字型の部品も取っ手の上につけておく。

閂は取っ手と兼用させることも不可能ではないのだが、扉が大きいので止《や》めておいた。城門のように門や固定部品を金属で補強することもしない。〝人除《ひとよ》け〟やら、魔力が濃いやらで人や獣があまり近寄らない土地のただの倉庫だしな……。

木製の部品作製でも生産のチートが有効なのが助かる。これがなかったら多分扉だけで二日以上かかりそうだ。そのチートのおかげもあって、皆が屋根板を張り終わるよりも早くに扉自体は完成した。

この後は完成した扉を開口部に取り付けるわけだが、大きい分重い扉なので部屋に使った蝶番《ちょうつがい》では耐えきれなそうだ。俺は皆に声をかけて、作業場に入った。

残っている板金をいくつか熱して、大きな蝶番とその左右（枠側と扉側）を繋《つな》ぐ鉄の棒、そして蝶番を固定するための大きな釘を叩《たた》いて作る。大きさなんかはチートで合わせていくので、不安はない。作製速度もかなり速いと言えるだろう。

蝶番は扉に取り付けるほうを扉の幅の半分くらいまでぐっと細く延ばしている。これで扉の重さを分散させられるし、より強固に取り付けられるようになる。付ければ日本の城の城門のように見えるかも知れない。

硬さは必要ないので、焼き入れはせずに置いておく。さすがにチートでも自然に冷えるまでの時間をコントロールすることはできないので、俺も屋根板を張るのを手伝いに作業場を出た。

倉庫の屋根もクルルの小屋と同じく栩葺《とちぶ》き（もどき）にしている。片方でサーミャとディアナ、もう片方ではリケとリディが作業している。

リケとリディのほうが実家や里で経験があるためか、一段か二段かではあるが少しだけ作業が早い。なので、俺はもう一方を手伝うことにした。

サーミャとディアナが作業していないほうに回って、軒先に当たる部分から板を張る。先に張った板の上半分に、次に張る板の下半分が重なるようにして一段上の板を張っていけば、雨もそんなに漏れては来ないだろう……多分。

「そう言えば、ここいらは長雨とかあるのか？」

俺は反対側で作業しているサーミャとディアナに大声で話しかけた。このあたりに住んでいたのはこの二人だから、聞くには都合がいい。

「うーん。雨が多めの時期はあるけど、二週間とかずっと降り続けるのは経験がないな」

「そうね。どんなに長くても一週間もないわ」

サーミャとディアナが答える。なるほど、梅雨みたいなものはあるということか。地下水があるとは言ってもそんなに深くまで森の木々が根を張っているかは怪しいし、そうでもなければ広大な森林を維持できるだけの水量は確保できなそうだ。

「その時期は近いのか？」

「いや、少なくともあと一ヶ月は先だと思う」

場所が少し違うとはいえ、この森に住んでいたサーミャの言うことだから正しいのだろう。とすると、今は前の世界で言うところの五月くらいか。

梅雨というか雨季のようなものがあるのに、植生や気候が亜熱帯や熱帯っぽくないが、ここらは前の世界での気候に関する知識は投げ捨てるほうがいいのだろうか。地形がそもそも違うだろうから当たり前と言えば当たり前か。丸いかどうかすら怪しいのだ。

俺は二人に質問に答えてくれた礼を言って、思考を作業に戻した。

屋根板を半分ほど張り終えたので、そろそろ良かろうと作業場に戻ると、作った扉の部品はしっかり冷えていた。それらを持って倉庫の開口部へ向かう。

まずは開口部の枠に外開きになるように蝶番の片方を取り付けていく。これ自体はただ留めるだけなので何ということもない。

扉を持ってきて、蝶番のもう片方の取り付けを行う。城門や土蔵の扉に使うのなら釘なんかも、もう少し凝ったデザインにするところだが、今回は細長い板状のままだ。

枠と扉の両方に蝶番の部品を付け終えたので、組み合わせてピン（と言うには若干太いが）で接続する。ゆらゆらと動かしてみると若干軋《きし》む音はするものの、スムーズに開閉できた。

後はこれをもう三箇所行うだけである。テキパキと設置を進めて、倉庫には扉が付いた。閂は材木を四角く切ったもので、その残りでくさび形のドアストッパーも作っておいた。

屋根のほうを見てみると屋根板はほとんど張り終わっていたので、クルルを呼んでミニ荷車をくくりつける。

「クルルル」

クルルは遊んでもらえる！　とばかりに喜んでいる。実際は仕事なのだが、楽しんでやってもらえるならいいいか。


作業場の入り口にクルルを待たせて、作業場の中に積まれた木炭を運び出しミニ荷車に載せる。ある程度積み終わったら、今度は倉庫まで持っていってもらう。クルルの足の運びが機嫌良さそうで何よりである。

倉庫の床とミニ荷車の荷台の高さはほとんど同じだ。閂を外し、扉を開いてドアストッパーで閉じないように固定して、ミニ荷車の荷台から直接倉庫内へ運び込んでいく。

これを二～三回ほど繰り返して、倉庫の中に作業場の半分ほどの木炭が積み上がった。今後、木炭と鉄石はまずこっちに運び込めばいいいか。今日鉄石は運び込まない。明日から作業で使うからだ。


続いて、木炭を入れなかったほうの倉庫に同じようにして干した肉を運び込む。女性が四人とはいえ、五人家族＋走竜だとそれなりに消費もするものの、結構な備蓄量にはなっているから、倉庫に分離して保管できるのは助かるな。

肉を運び込んでも、倉庫にはかなり余裕がある。これなら瓶を増やして長期保存の塩漬けを増やすことが可能そうだ。

家の中に置くにはどうしても限界があるし、梅雨の時期が来れば生肉が傷みやすく、乾かしにくくなることは容易に想像できる。そうなる前に干す以外の貯蔵量を増やすのは大事なように思えるので、計画しておこう。

それらを置いてもまだスペースはかなりありそうだが、そちらは買ってきた小麦や畑で収穫した作物を貯蔵すればいい。

つまり、こっちの肉を置いたほうは食料庫、向こうの木炭を置いたほうは資材庫ということだ。ちらっと屋根を見上げると、屋根はほとんど張り終わっている。あと一段か二段か張れば完成だろう。

であれば手伝うまでもないか、と俺は材木から板を切り出した後の木っ端を二つ手に取って、チートを使ってナイフで彫刻を入れた。それぞれ、この世界の文字で〝食料庫〟〝資材庫〟と刻む。それを扉の上に釘で打ち付けると、なかなかいい雰囲気だな。

資材庫のほうに、乾いてもう使える材木をクルルに手伝ってもらって追加で運び込む。材木をいくつか運び込んだ頃、

「こっち終わりました！」

「こっちもよ！」

リケとディアナが屋根の完成を知らせてきた。

「分かった！　気をつけて降りてこいよ！」

俺が声をかけると、四人から返事が返ってきた。


クルルの小屋、食料庫、資材庫。三つの施設がこの家に加わっている。

「こうして見るとなかなか立派な家になってきたわね」

ディアナが感慨深げに言う。

「そうだなぁ。これでかなりの貯蔵ができるし、カミロには調達を頑張ってもらわないといけないなぁ」

「親方、あんまり無茶《むちゃ》な量を言っちゃダメですよ」

「時々容赦ないからな、エイゾウは」

「いやまぁ、気をつけるよ……」

俺の言葉にリケとサーミヤがツッコミを入れ、全員が笑うのだった。

◇◇◇

倉庫の建設には四日程かかった。納品物は二週間分が必要とはいえ、一週間ほど集中して作れば十分な量が確保できることが分かっているので、つまりは三日は別のことができるというわけだ。

と、なればアレをやるしかない。そう、以前カミロから仕入れた青生生魂《アポイタカラ》――ではなく、狩りをする組向けの弓の作製だ。弓はまだ作製したことがない。そこで、新しい武器を作れば腕前が上がるのかどうかをまず試してみたい。

その上で、アポイタカラで何を作るべきかをじっくり考えるのだ。

だが、ここで一つ問題がある。俺の持つチートで一番レベルが高いのはあくまでも「鍛冶屋（鍛冶職人）」だ。「武器職人」ではない。包括的な「生産」に関係するものもチートは貰《もら》っているが、鍛冶屋より何段も落ちる。

落ちるとは言っても、普通の職人よりは良いものが作れる。それは確実なのだが、果たしてどこまでの物が作れるのかだ。その実験も兼ねておきたい。

そんなことを倉庫ができた日の夕食時に、みんなに相談した。

「いいんじゃねぇの?」

「弓が増えれば、私も使えて狩りのとき助かるわね」

「私ももう少しお手伝いができます」

サーミヤ、ディアナ、リディの狩りに出ていく組（リディは残るときも多いが）に異論はないようだ。

「親方が木製の武器を作るのは初めてですね」

「そうだな。なので変なものができるかも知れない」

リケも特に意見はないみたいなので、翌日からは俺は弓を作り、他の皆はいつもの作業ということになった。狩りは「せっかくだから」と俺の弓づくりが終わるまで延期するらしい。責任重大だな。

◇◇◇

翌日、朝の日課を終えたら、新しくできた倉庫に材木を取りに行く。適当な大きさの材木を持って、作業場に戻った。

いくらかの資材と他に場所がなくて作業場に干していた肉を倉庫に運んで、それらがなくなった作業場はなんだか俺がここに来たときよりもスッキリして見える。悪く言えば生活感が消えているが、作業場に生活感があってもなとは思うので、これでいいんだろう。

他の皆が板金を作っている横で、材木を割って比較的しなやかな部分を板として切り出す。それを三つの細長い板に分割して後はひたすら削り出していくだけ、ではある。前の世界で実際にそれで弓を作る動画を見たりしたな。

このとき、Cのような形にするわけだが、逆反りになるようにするか、それとも順反りにするかだ。例えば、前の世界の和弓などは作ったときの全体の反りとは逆に反り返らせて弦を張る（正確にはもっとあちこちに反りがあって、それぞれ名前がついていたりするが）。

基本的には森の中で使うので、丸木弓の短弓で良いかと思った（実際サーミャの持っているのはそれだ）が、せっかくなので少し工夫もしたい。

そこで、最も得意なのは鍛冶屋であるわけだし、薄い鉄板を貼り付けた合成弓《コンポジット・ボウ》で短弓を逆反りの形で作ってみることにした。

まずはじめに木を削って薄い板を作る。どちらかと言えばこれはただの土台だ。ある程度の厚さを持って、へニャへニャでもなく、さりとて引いたり放ったりしたときに折れないしなやかさが保てればいい。

この辺はチートとナイフの性能のおかげでちょうどいい塩梅《あんばい》をなんとか見つけることができた。

現時点ではただの板だしな……。次はこれに貼り付ける鉄板だ。

鉄板の厚さはサスペンションほど分厚いと到底人間で引き切ることができないし、薄すぎると今度はさほど意味がない、ということになりかねない。出来上がりの姿を想定しつつ、サーミャ、ディアナ、そしてリディの三人の力に合わせた厚さが必要になってくる。

そこらはチート任せにするしかないか、と俺は板金を取って火床に入れた。ここからは鍛冶屋のチートが効いてくれるといいんだが、と思いながら。

火床に板金を入れて適切な温度まで熱していく。熱された板金を金床に載せて鎚《つち》で叩《たた》き、魔力を籠《こ》めて形を作っていく。あまり分厚くなりすぎないよう延ばしつつ、弧を描いた形だ。

やがて細長く曲がった台形の板ができる。それを再び熱して焼き入れをする。サスペンションほどではないが、仕組み的には板バネそのものではあるので、硬さと柔らかさを両立させるのだ。

水に入れた鉄板がジュウと音を立てる。下がった温度がいい頃合いになったら、水から引き上げて火床の火にかざし、再び少し温度を上げて焼き戻しをした。


この作業を鉄板の厚さを変えて総計で三回行った。厚さの調整は完全にチートにお任せであるが、その基準になっているのは日々の生活でそれぞれが出せる力を観察したものだ。

そうでなかったら適当な荷物なりを持たせて測らねばならないところだった。

三つの鉄板を持って木の板のところへ戻る。鉄板の形に合うように木の板を加工していく。鍛冶屋のチートが効いている鉄板のほうが多分形としてはより正解に近いだろう、という判断だ。

木の板を鉄板の曲がりに合わせつつ、二つを固定していく。木と鉄、お互いを補強するような形だ。鉄もしなやかにはできるが、薄い木ほどではない。木はしなやかだが硬さにかけては鉄と比べるまでもない。


同じ作業をもう二回行って、弓の本体が三つ完成した。だが、慣れない作業だったのもあってか、この頃にはすっかり日が暮れかけている。

「こいつの弦を張るのは明日になるな」

俺がそう言うと、リケが後片付けをするのを手伝っていたサーミャが答える。

「お、じゃあアタシたちにやらせてくれよ」

「いいぞ。お前たちの弓だし、俺はその辺慣れてないからな」

弓の弦はなんとなく張りっぱなしのようなイメージがあるが、実際には使わないときには外していて、必要になる前に都度張っている。サーミャも狩りに出る前に弦を張って、帰ってきたら外しているのだ。

今まで弓と言えば、サーミャの使っていた一つきりだったので、俺もその作業はしたことがない。仕上げを任せるなら専門家だ。

「やった。じゃあ、明日は弦を張って試してから狩りだな」

サーミャがウキウキして言う。

「そうだな。頼んだぞ」

「おう!」

サーミャがとんでもなくいい笑顔で応え、他の皆も何となしに笑顔になった。

◇　◇　◇

翌朝、朝の拝礼までを済ませて、狩りに出て行く三人にそれぞれの弓を渡す。

「一応それぞれの力に合わせたつもりだが、おかしいとこがあったら言ってくれよ」

受け取った三人はそれぞれ自分の弓に弦を張っていく。弦は鹿の腱《けん》を加工した紐《ひも》だ。

紐の端を弓の端にくくりつけ、そちら側を下にし、弓の反りが逆になるようにしてもう片方の端にもくくりつける。

サーミャは普段使っている弦をそのまま使っているので両端に固定すれば終わりだが、他の二人は余った弦をナイフで切っていた。

しかし、リディは里が森の中にあるから経験があるとは思っていたが、弓の練習をしていたとはいえ、ディアナまでいとも簡単に弦を張っているのには少し驚いた。

聞けば実家でやったことが結構あるらしい。エイムール家の教育ってどうなってるんだろうな……。マリウスも結婚していずれ子供が生まれるのだろうが、男子はともかく女子もこのレベルまで鍛えられるのか、それともディアナが特別こうなのか。

もし全員が同じだけ鍛えられるとしたら、前の世界の巴御前《ともえごぜん》や板額御前《はんがくごぜん》並みの逸話を残す人も出そうである。


庭の隅に立ててある木の的（普段から練習に使っているものだ）に向かって、サーミャがスッと弓を構え、矢を番《つが》え、引き絞る。

弓道のように作法があるわけではない。生きる糧を得るために磨かれてきた、彼女なりの一番いい方法だ。それでもその姿には美しさが確かに存在した。

引き絞った弓から矢が放たれる。放たれた矢は風を纏《まと》ったかのように空中を奔《はし》り、瞬《まばた》きもせぬ間に的の中心に突き刺さっていた。

「いいなこれ！」

サーミャが叫んだ。どうやら気に入ってもらえたらしい。

「大丈夫そうか」

「大丈夫もなにも、こんな思った通りに矢が飛んだのは初めてだよ！　ありがとうな！」

弓を持ったままサーミャは俺を力いっぱい抱きしめ、俺は喜ぶべきか痛がるべきか、悩むことになるのだった。


俺は一旦サーミャを引き剥《ひは》がして、ディアナとリディにも試射をしてもらう。

ディアナが矢を番え、弓を引き絞る。こちらの一般的な女性がどれくらいの膂力《りょりょく》があるのかは知らないがヘレンほどじゃないにせよなかなかに強いので、それに合わせた強さにしている。

ディアナが矢を放つと、サーミャのときより若干遅いが十分な速度で的に到達して突き刺さる。

「どうだ？」

「ちょうどいいわね。軽すぎることも、重すぎることもないわ」

「そうか、良かった」

ディアナのも特に調整は必要ではなさそうだ。

最後にリディが同じように弓を構えた。彼女のが一番少ない力で引くことができる。

矢を放つと、ディアナのよりもさらに遅いが、狙ったであろうところに突き刺さる。

「私のもちょうどいいですね」

「ふむ」

結局のところ、特に不具合は出なかったようである。彼女たち三人は準備を整えて、クルルを連れて狩りに出ていった。


残った俺とリケは今日は好きなものを作る日になった。

「街への往復でも弓は使えるし、長距離を攻撃できる武器はもう少し増やしたほうがいいかもなぁ」

「それはそうですね」

ニルダのときは相手がどういうやつか、なんとなく想像がついたから良かったが、そうでなければなるべく遠距離から攻撃して打ち倒すなり、攻撃にひるんでいる間に逃げるなりするのが当たり前だし、そういうときに使える武器を備えておくのは悪いことではない。

そんなわけで、俺は新しく二つの道具を作ることにした。一つは投槍器《とうそう》、もう一つはそれで投げる投げ槍《なやり》である。普通はどちらも木で作るが、チートとして有効なのは鍛冶屋のほうなので、どちらも鋼で作ることにする。

弓を作ったので、それでどれくらいチートが向上しているか確認する意味もある。

いつもどおり火床で板金を熱して形を作っていく。先端が鉤形《かぎ》でその反対側は緩やかにカーブを描いた持ち手だ。鍛冶屋のチートを活《い》かして作るが、多少効率が上がっているような気がする。

やはり新しいものを作るほどにチートのレベルのようなものが上がるのだろうか。であれば、今日新しく作ることで明日の効率がまた上がるはずだ。もしそうなったなら、次からは売れる売れない、必要不要によらず新しいものを作ることも考えても良いかも知れない。

投槍器はあまり長く太く作ると重くなりすぎるので、程々に留《とど》めておく。こいつを使うのはうちの人間だけだろうから、耐久性なんかは魔力を籠めて代用することにした。

次は投げ槍本体だ。こっちは多少重くてもそれ自体が威力などに繋《つな》がるので、気にしないことにする。板金を細く薄く延ばしてから丸め、あまり厚みのない一メートルほどの細い鋼の筒を作る。

その先に別の板金を熱して穂先を作って接続する。投げ槍なので刃は付けず、突き刺さるように四角錐《すい》の形に作った。投げ槍は硬さがいるので魔力を籠めるのはもちろん、焼き入れと焼き戻しもしておく。

見た目には細い鉄パイプに槍の穂先がくっついているだけ、みたいな感じである。

いずれの作業も本職である鍛冶屋のチートが有効だし、今回は簡単な作りのものなので、サーミャたちが狩りから戻ってくるより早くに完成してしまう。

「早速試すか……」

俺は魔力を籠める練習をしているリケを作業場に残して、試し撃ち（試し投げ？）をするために、投槍器と投げ槍を持って外に出た。

作ったばかりの投槍器と投げ槍を持って庭に出る。まずは投げ槍をそのまま投げてみる。戦闘のチートもそこそこ貰《もら》っている（そこらの人間よりはかなり強いようだ）のでその分は差し引いて考える必要があるが、指標としては十分だろう。

庭……というか家の周辺は結構広い。百メートル～二百メートルが確保できるくらいあるのだ。でないと弓の練習ができないし、畑や増築するスペースも確保できないしな。

飛んだ距離は目測でいいだろう。実際に使うときがもし来たとしても、レーザー測距計で距離を測って投げるなんてことはないわけだし。

担ぎ上げるような格好で槍を持ち、少しだけ助走をつけて投げる。前の世界でやり投げの記録はおおよそ百メートル前後だが、当然俺がそこまで投げられるわけもなく、目測でおおよそ五十メートルほど飛んだ。威嚇するだけならこれでも十分すぎるな。

次は投槍器に槍をセットして投げる。テコの原理で大きな力を得た槍は俺の思ったよりも遥《はる》かに飛んでいき、おおよそ百四十メートルほど飛んで地面に深々と突き刺さる。

確か前の世界でも芸人さんが投槍器で槍を投げて百メートル先の風船を割ったそうだし、投槍器はそこそこ使えるのかも知れない。

ただ、狙撃では弓矢に劣るし、近距離は投石器（トレビュシェットのような大型のものではなく、スリングと呼ばれる個人で使うもの）のほうが弾丸の調達もしやすい。携帯できる弾数も槍と矢では文字通りケタが変わってくる。前の世界でかなり古代から使われていたらしいのに、後世まで残っていた地域が少ないのはその辺りに理由がありそうだ。

とはいえ、総鉄製の槍が遠くから自分を目がけて飛んでくるのはインパクトがあるし、こちらの兵科に投槍兵がいるかはわからないが、慣れていても投槍器なしに投げ返したところでこちらには届かない。そして届く頃にはとっくに弓の射程に入っている。そうすると作ったのも無意味ではないか。

作った投槍器と槍の具合を確認したが、まだ少し時間があるので、もう二本ほど予備の槍を作っておいた。基本的には投射武器だし、弾がないと意味が薄れるからな。

俺の方は早めに片付いたので、リケの作った魔力込みのナイフを見てみる。俺の作る高級モデルと比べるとギリギリもう一歩といった感じではあるが、一般モデルと言うにはやたら出来が良い。普通の工房ならこれで家に帰っても良いくらいじゃなかろうか。俺がそう言うと、

「親方が特注で作っているものに手がかかったら、が目標ですから」

「けっこう長いと思うぞ、それ」

「もちろんです！　でないと弟子入りの意味がありません！」

フンスと鼻息も荒くリケは返してくる。最初来た頃は魔力のことは俺も知らなかったので、ドワーフとして鉄の組成を活かせば高級モデルまでならいけると踏んだのだが、今は魔力の存在も分かっているから、本当に俺の特注モデルに手が届くかも知れない。

俺のはチートなので具体的に教えたりできないのが心苦しいが、見取りでも頑張って欲しいところである。

「それはそうだな」

リケが家に帰ると言い出したときには、とんでもなく寂しさを感じるんだろうな、そう思ったが、

それは顔に出さずに俺は微笑《ほほえ》んだ。


そのあと、リケと俺で後片付けをしているとカランコロンと作業場の鳴子が鳴った。狩りに出ていた組が帰ってきたようだ。

「ただいま」

「おう、おかえり」

サーミャが勢いよく作業場に入ってくる。随分と機嫌がいい。

「あの弓のおかげで、今までで一番デカい猪《いのしし》を獲《と》れたぜ！」

ああ、それで機嫌がいいのか。

「おお、それは良かった。作った甲斐《かい》がある」

「三人共弓が使えるというのも大きかったわね」

「気取られる前に射掛けられるのはいいですね」

ディアナとリディが続いて言う。今まではずっと勢子《せこ》だけしてたみたいだしなぁ。その辺り臨機応変に対応できると色々楽になる、というのは分かる気がする。

「じゃあ、明日の昼は少し豪華にしないとな」

「ヒャッホウ！」

俺の言葉にサーミャが喜び、リケがたしなめ、皆で笑ういつもの光景がそこにあるのだった。

# 5章　いつもの暮らし

　翌朝、いつもどおり五人＋クルルで連れ立って湖へ向かう。毎度のことではあるが、念《ねん》の為《ため》の護身用に俺はショートソードでリケは斧《おの》（主目的は木を伐《き》るだが）を持っている。他の三人は弓だ。魔法による奇襲があったりすれば別だが、魔法の使い手がそんなにいないこの世界では「そんなことはそうそうない」（リディ談）ということもあって、遠距離武器が増えたのは安心感がある。今一番森で脅威になるのは熊だろうし。

　クルルも、今日も皆でお出かけなので機嫌が良さそうだ。

　半分ピクニック気分で森の中を進んでいくと、遠くに見慣れない獣の姿を見かけた。いや、ある意味では見慣れている。見かけ的には完全に虎だ。サーミャ――虎の獣人がいるんだから、そりゃ元になったであろう虎そのものもいるよなぁ。

　分かりきってはいるが、この森をほんの一部とはいえウロウロしていて見たのは初めてなので、サーミャに聞いてみる。

「ありゃあ虎か」

「そうだな。こっちまで来るのは珍しいけどな」

「こっちに向かってきたりしないよな？」

「向かってくるならとっくにそうしてるだろ。向こうもこっちには気がついてるはずだし。こっちからちょっかいかけなきゃ大丈夫」

サーミャは何でもないかのように答える。

「アタシがいたもっと北とか西のほうでは、もうちょっと見かけるんだけど、ここらは狼《おおかみ》達が大きく縄張りを張ってるからあんまり来ないんだよな」

「熊に追われたかな？」

「熊に追われたんだったら、更に北か湖の反対側に出ると思う。単に他の獲物を追っかけてきたんだろ。珍しいけどたまにはあるってことだ」

「親戚ってことはないよな？」

「ない」

最後は食い気味に回答された。獣人としては元の獣と同じ扱いは嫌なようだ。万が一にも「その声は、我が友、李徴子《りちょうし》ではないか？」ということでもあればまずいと思ったがそういうこともないようだ。

「すまん」

「いや、いい。ちなみに言っておくと言葉も通じないからな」

「分かってるよ」

通じたらそれこそ李徴子があり得ちゃうでしょ。

虎はほんの少しの間こちらを見ているようだったが、すぐに踵《きびす》を返して森の中へ消えていった。

獲物を追ってきたという話だが、そんなに腹は空《す》かせていなかったようだ。この辺りにも獲物になるような動物はそれなりにいるからなぁ。

珍しい出会いはあったものの、他には何か起きることもなく猪を沈めたところにたどり着いた。岸辺から見てもデカいことがよく分かる。前にもかなりデカいのを仕留めたことがあったが、あのときよりも更にデカいのではなかろうか。

水の中に沈んでいる猪にロープをくくりつける。デカすぎて引っ張り上げるのも一苦労しそうなので、クルルに手伝ってもらうためだ。

くくりつけたロープを俺とサーミャ、ディアナ、そしてクルルで引っ張る。クルルに手伝ってもらっていても、なお重さを感じる。

やがて水の中から猪がその姿を現した。内臓を抜かれていてもなお三百キログラム近くはありそうな気がする。この大きさの猪の内臓なら相当な量であっただろう。この周辺の狼達にはさぞかし良い御馳走《ごちそう》であったに違いない。

引き上げている間にリケとリディで木を伐って運搬台を作ってくれていた。そこにみんなで猪を引っ張り上げる。チート持ちとドワーフ、獣人に走竜の力を集めてもなお重いというのは初めての経験だ。クルルがいなかったら持ち帰れなかった可能性すらありえる。

運搬台からはみ出さんばかりに大きな猪の体を縄で固定する。脚のところで固定すればいいのだろうが、そこも太いので一苦労する。

苦労して猪を固定した運搬台を、クルルを含めた全員で引きずっていく。やはり重さが半端ないが、クルルのおかげでそれなりの速度では進むことができている。いつもよりはかなり遅いが、なんとか昼過ぎには戻ってくることができた。

持って帰ってきた猪の体を、またもや苦労して木に吊《つる》す。もちろんクルルのお手伝いつきだ。でなければ巨体を吊すことなどできない。

その後の解体作業は体が大きい分の苦労はあったが、作業自体はいつもどおり進む。特注モデルのナイフでなかったら、こうはいかなかったんだろうな。毎度思うことではあるがチートさまさまだ。

五人で解体して、小一時間ほどで肉と不要部位に分けることができた。すぐ食べる分を除いて、塩漬けをしたものと干す分を倉庫に運び込む。

この倉庫を作っておいて良かった。作ってなければ今頃三百キログラム弱の肉が作業場に干されるところだった。

それらの作業を終えたのが昼をかなり過ぎるが、夕方と言うにはまだ相当早いくらいの時間である。俺も含めた全員の腹はもうすっからかんで、食べ物を催促する音の大合唱が始まっている。

俺は約束した御馳走を作るべく、取り分けておいた肉を持って家に戻った。

腹が減りっぱなしで早めに食べたいのは山々なのだが、折角《せっかく》なので美味《うま》いものも食べたい。なので、ここは俺も含めて我慢してもらって準備を進める。

まな板を用意してその上でナイフを使って猪肉を刻んでいく。どう頑張ってもちゃんとしたミンサーを使うほど綺麗《きれい》にはできないが、なるべく細かく刻んで挽き肉《ひにく》にする。

できた挽き肉を木製のボウルに入れて捏《こ》ねるが、玉ねぎもニンニクもないので、塩コショウだけ加えて捏ねる。少し粘りが出て形が作れるくらいになったので、五つに分けて塊にし、真ん中にくぼみを作っておいた。

かまどに火を入れて中火くらいに調整する。ガスコンロだとつまみで調整できるし、ＩＨ調理器ならボタンだが、このかまどでは基本的には木炭での調整なので微調整が難しい。ある程度の焦げやなんかは許容してもらうか。

温まった鍋の底に猪の脂をひいて、その上に挽き肉の塊を並べる。

三分ほど焼いたらひっくり返して火酒を少し入れて蓋をしてまた三分待つ。前の世界だと中がレアのやつが流行《はや》ってたが、流石《さすが》に野生の猪の生焼け肉を食べる勇気はない。

炭を足してから蓋を開けると、フワッといい匂いが漂ってきた。もう少しだけ焼いて仕上げだ。

「おおー」

出した料理――猪肉のハンバーグ（正確にはハンバーグのようなもの、だが）を見て、サーミャが目を輝かせる。かかっているソースはいつもステーキのときに作るやつだ。個人的には目玉焼きかチーズが乗っていれば完璧だったが、ないものは仕方がない。

皆で「いただきます」をして食べ始める。

「似たようなのは前に食べたけど、こういうのもいいわね」

ディアナが感想を言った。伯爵家ともなるとそれなりに色々なものを食べてきたらしく、料理についてはなかなかに詳しい。

「やっぱりあるのか」

まぁ、屑《くず》肉や硬い肉を柔らかくするために刻み、生だと怖いので中に火が通るまで焼くってのは発想として凄《すご》いかと言うと、当たり前なようにも思えるしなぁ。

「なんかもっと雑だったけどね」

刻んだ肉を丸めただけとかだろうか。と言っても、作り方だけ言えばさほど違いはない。だからこそ前の世界ではもうちょっと先の時代のものであろうハンバーグを作ったんだけどな。

「私の実家のほうではこういうのはなかったですね。元々肉と言えばほとんど干し肉だったというのもありますけど」

そう言ったのはリケである。生肉が手に入りにくいと工夫するにも限界はあるよな。前の世界の金華ハムだと専門のレシピ本があるほどだと聞くので、干し肉用のレシピもこの世界にはいっぱいある……と思う。

ただ、前の世界のイメージに引っ張られて、ドワーフが繊細な料理をしているイメージがない。以前、似たような話になったときにはドワーフが多く住む町にはドワーフの料理人もいるということだったので、実際には繊細な料理もこなすのだろうが。

「里でも肉はあまり出なかったので、私もこういうのは初めてですね」

今度はエルフのリディだ。こちらも菜食主義のイメージがあるので、そういうことかと思っていたが別にそんなことはなく、食事は畑からとれるもので概《おおむ》ねまかなえてしまうため、外から来た人はそういう印象をもつというだけらしい。

実際にうちだと生か塩蔵かはともかく毎日肉が出るが、リディは普通に食べるし調子が悪くなるということもない。

「今日はみんなだいぶ腹が減ってたから、それで美味《うま》いのもあるだろうけどな」

「いや、これは美味いと思う！」

サーミャが声高に主張する。よっぽど気に入ったらしい。

「分かった分かった。今度はもう少し時間のあるときにな」

柔らかくてしっかり猪の肉の味がするハンバーグは美味いのだが、どうしても下ごしらえに時間がかかるのが難点ではある。

鍛冶屋だからミンサーも作れるんだろうけど、少し先取りしすぎな気もするので今のところは見送りである。

そのあとは皆でどういう料理を食べてみたいかについて話しながら楽しく食事をした。

◇　◇　◇

それから幾日かはいつもどおりの作業をした。ナイフと剣の製作である。リケが通常モデル、俺が高級モデルなのもいつもどおり。

だが、少し違っているのは俺が作る速度が上がっていることだ。これはチートが体に馴染《なじ》んでいるのか、それともチートそのもののレベルが上がっているのか、そのどちらなのかは分からないが、やはり新しいものを作るたびに速くなっていくのは間違いなさそうである。

であれば、今後は次の卸しまでのうち一日程度ずつでも新しいなにかを作る時間を設けたほうが良さそうだ。それで新たに売れそうなものがあればエイゾウ工房のラインナップに加えてもいい。カミロのところで売れ筋のものを聞いておいたほうがいいかな。

◇　◇　◇

そして納品の日がやってきた。荷車に荷物と自衛用の武器を積み込んで、お出かけと分かって上機嫌なクルルを繋《つな》いだら出発である。

ガラゴロと森の中を行く。リケが操縦に慣れてきたこともあってか、なかなかのスピードだ。あの虎はもう元の住《す》み処《か》へ帰っただろうか。

なるべくなら熊と出くわしてお互いが怪我《けが》などしないに越したことはないんだが。時折、車輪の音に混じって鳥の声がかすかに聞こえ風景が流れていく中、俺はそんなことを考えていた。

リケの操る竜車はすぐ街道に出る。ここからは更に速度が上がっていく。今回の一番大きな違いは投射武器が三つ増えていることだろう。森の側はともかく反対側は平原だし、見つけ次第撃ち方始めでいいのは心強い。

それが分かっていたわけでもないだろうが、速度はともかく心情的にはのんびりと街道を進み、街に着いた。ハルバードを持った衛兵さんに会釈して街に入る。前に来たときよりは多少マシな顔になっているように見えるから、おそらくはマリウスがちゃんと賊の危険はなくなったという街触れを出してくれたんだろう。

街の中をゆっくりと進む。前に来たときよりもジロジロと見られることが減っている。来る回数自体はそんなにはないが、そういうものだと知られてきたということだろうか。街は活気があるが、それよりも慌ただしさのようなものを感じる。

賑《にぎ》わいというよりはバタバタのほうが近いと言えばいいだろうか。俺達はやや不穏な空気を感じながら、カミロの店に到着した。

倉庫に荷車を入れて、クルルを裏手に連れて行き、商談室へ向かう。少し待つとカミロと番頭さんがやはり少し慌ただしく入ってきた。

「忙しそうだな」

「まぁ、ちょっとな」

カミロがこういう言葉の濁し方をするときはあまり良くないときだが、一旦スルーしておく。まずは商売の話が優先だ。それはカミロも承知しているだろう。

「持ってきたのはいつもどおりだ。荷車に投げ槍《なやり》と弓を載せているが、そっちは売り物じゃないから気をつけてくれよ」

「分かった」

カミロが番頭さんのほうに視線を向けると、番頭さんは頷《うなず》いた。

「こっちは種芋は手に入った」

「おお、そうか。ありがたい」

これで芋が手に入れば、以前よりも森に引きこもりやすくなる。勿論《もちろん》芋だけに頼るわけにはいかないので、多少ではあるが。

「北方の調味料のほうは手配中なんだが……」

「だが？」

「帝国のほうで問題が起きていてな。そっちの都合で今は王国まで運び込むのが難しい」

「問題か……。気長に待つと言ったんだ、気にしないでくれ」

「すまん、助かる。それでその問題について、一つ協力して欲しいんだが」

「俺には後ろ盾も何もないぞ？」

「そっちは期待してないよ」

俺の言葉にカミロは苦笑する。エイムール伯爵家の力は借りられるかも知れないが、そっちならカミロは俺を介する必要ないしな。

「その問題解消の一環として、お前にはまた武器の大量生産を頼みたい」

カミロは単刀直入にそう言った。

「大量生産か」

今の俺だと更に生産スピードが上がっているのでより多く作れるし、ものによるが問題はないだろう。

「かまわないが、そのかわり……」

「そのかわり？」

「何が起きているかの説明くらいはしてくれ」

俺はそうカミロに言った。流石に何も分からずに注文主の言うことだけ聞いて作るのもなにか違うような気がするのだ。


カミロは俺に説明する前、いつも考え込む。俺に教えて巻き込むことを避けたいというのもあるのだろうが、このところはどうもそれ以外の意図があるように思えてならない。

そこを聞くのは野暮《やぼ》になりそうなので聞いてないが、いつか話してくれるだろうか。

「これは他所《よそ》に話すなよ？」

「話す相手がいないよ」

「それもそうか」

俺の言葉を聞いて、カミロは苦笑する。彼は俺の家の場所を知っている数少ない人間だ。ほぼ誰も来ない森の中の一軒家住まいで、ここにいない誰かと話す機会なんてまずない。ごく偶《たま》に客が来るがそれ以外で話す相手はいないので、漏洩《ろうえい》のしようがないのだ。

一応俺は皆を見回したが、一様に頷いている。彼女たちも話す相手がいるわけではないからな。

それを見たカミロは一息ついて言った。

「ここでは詳しい話は省くが、帝国で近く革命が起こる。皇帝を打倒して民衆で政《まつりごと》を行うのだ、と首謀者は言っているそうだ」

「それは穏やかじゃないな」

「ああ。この情報を掴《つか》んだ王国は、その混乱に乗じてほんの少しばかり国土を広げるつもりらしい」

「で、伯爵の出番か？」

「いや、侯爵閣下だ。伯爵経由だけどな」

「ああ、あの……」

メンツェル侯爵。マリウス——つまりはエイムール伯爵家の後見人のような立場の人物だ。あの御仁には俺の正体というか、貴族ではなくただの鍛冶屋のオッさんであることはある程度バレてると思うんだよな。

「マリウスに続けて手柄を立てさせるわけにもいかない？」

「そうだな。それをしてしまうと贔屓《ひいき》と言われるだろうし、なにより伯爵が力をつけすぎてしまう」

「後を継いでいきなり二回も任務を成功裏に収めるとは、さすがは武で鳴らしたエイムール伯爵家だ、ってなるのは誰にとっても嬉《うれ》しくないいってことか」

「そういうこと。かと言って身内以外に手柄を譲る気もないのが侯爵閣下らしさではあるな。で、今回はお前をご指名だよ」

「マリウス経由で？」

「マリウス経由で」

じゃあ、もうほとんどバレているな。そりゃ北方の、それなりの立場の友人であるはずが、魔物討伐の遠征隊で補給部隊と一緒にいたんじゃバレるか。家宝を作ったのが俺というところまでバレているかは分からないが。

「あの御仁の名指しじゃあ、そもそも断れないいな。で、何を作ればいいんだ？」

「槍を二十と長剣を三十だ」

「思ったよりは少ないな」

「おおっぴらに動くと帝国にバレるからな。最低限の手勢で行くらしい」

「なるほど」

「で、すまないが来週には持ってきて欲しい」

「来週ね……」

「無理か？」

俺は少し考える。前回は剣を五十五作ったが、大丈夫だった。槍の二十を俺が作って、剣はリケ達に任せればギリギリいけるようには思う。俺の作業効率も上がってるしな。

「いや、大丈夫だ。じゃあ、また来週納品に来るよ」

「頼んだぞ」

俺とカミロはがっしりと握手をした。お互い、変なことに巻き込まれないといいな。

大量生産分の資材も必要になったので、その分は余分に持って帰ることになった。今ごろ番頭さんが指揮して荷車に積み込んでいるはずだ。

俺達とカミロは残って他の話をする。

「そう言えば、賊の手紙は届けてくれたのか？」

〝賊の〟とは言ったが、正確にはうちに刀を依頼しに来た魔族のニルダのことだ。

「ん？　ああ、届けておいたよ。あれ以上続くと流通に影響が出かねないところだったし、巡回させる衛兵の経費も馬鹿にならないしで、伯爵にとっても都合は良かったみたいだ。追い払ったことにしておくし、特に見返りは求めない、とよ」

「そりゃありがたい」

この怪しい賊が出たにもかかわらず、特に大きな被害が出ずに領地を無事に治めているという加点も、今回マリウスを担ぎ出すわけにいかなかった理由の一つなんだろうな。

にしてもそういうことも気にしないといけない、ってのが貴族の世界は伏魔殿だなぁと実感するところだ。うっかり貴族なんかに転生させてもらってたら、そんなやり取りをしなければいけなかったかと思うと、想像だけでも十分胸焼けがする。

サスペンションの開発は試作品を都と街の往復便に搭載して試験しているところだそうだ。仕組みそのものはそんなに難しいものではないし、量産まではそう遠くはないだろう。ショックアブソーバの存在は教えてないので、もしカミロが独自に開発したら教えてもらうか、売ってもらうことにしよう。

他はほとんど雑談のようなものだった。どこそこの麦の生育が少し悪いようだとか、この辺りの野盗が少し減ってるだとかだ。大事っちゃ大事だが、俺の生活にすぐに大きく影響しそうな話ではない。

そうこうしていると、番頭さんが銀貨の入った袋を持って俺達を呼びに来る。さて、帰るか。

商談室を出て、荷物満載の荷車にクルルを繋《つな》ぐ。俺はクルルの首を撫《な》でながら言った。

「今日は一段と重いが、頑張ってくれよ」

「クルルルル」

走竜の性質なのか、はたまたクルルの個性なのか。クルルは重いと聞いてなお一層張り切った様子で一声鳴く。

動き出しこそゆっくりだったが、あとはいつもどおりの速度で動き出す。まだ街中なので大した速さではない。今のところ大丈夫そうだが、問題は街道に出てからだな。

入り口の衛兵さんに会釈して街を出る。リケが手綱を操って意図を汲《く》み取《と》ったクルルは速度を上げた。やがていつもと同じ速度になる。まだ大丈夫そうだが、実際に操っているリケに確認をする。

「どうだ？」

「クルルちゃん、平気そうですよ」

「いざとなったら俺達は降りて歩くから、クルルが疲れたりしたら言ってくれよ」

「分かりました」

一段と重い、とは言っても今までが結構余裕だったから、上限がどこまでなのか分からない。ある程度の家財道具を積んでも大丈夫なら、いざというときにも安心なんだが、試す気にはならないな。——ママ《ディアナ》が怖いし、なにより俺が乗り気になれない。

そんなときには道具はともかく、金を持ってあとは人だけ乗せたら十分だろう。サーミャとリディは少し扱いを考える必要があるだろうが、それで全員郷里に戻せばなんとかなる……というのは甘いだろうか。

周囲を警戒する。サーミャとディアナの話ではもうすぐ雨期（のようなもの）が始まるそうだが、草花もその恩恵にあずかろうとしているのか、青々とした草原がその背を伸ばしている。きっとそれにつれてそれぞれの根が広がっているのだろう。

まだ人をすべて覆い隠すほどの高さではないので、荷車に乗っている俺達のほうが警戒という観点から言えばかなり有利だが、雨期が終わって草原が緑の大海になった頃、人の身長ほどの草花が増えると若干厄介ではある。目が届きにくくなるし、弓矢もその威力を減らすことだろう。

ある程度重い矢も作っておいたほうが良いだろうか、そんなことを考えている間に、森の入り口に差し掛かった。

「まだ大丈夫か？」

俺はリケに聞いたのだが、

「クルー！」

クルルがその上機嫌さを全く隠すことなく大きく一声鳴いた。その元気さを少し羨みながら俺は言った。

「そうか。じゃあ頼んだぞ」

「クルルル」

森なので速度を落としながらも、クルルはしっかりとした足取りで進んでいく。

「熊は平気かね」

「クルルが怯《おび》えてないし、アタシの鼻にもかかってないよ」

どこからどんな奴《やつ》が出てくるか分からない街道よりも、気をつける相手と言ったら精々が熊か虎くらいである森のほうが気は楽だ。

こうしてサーミャという森のベテランもいるし。逆にいざ向かってこられると危険なのは熊や虎のほうなのだが、そういうことも滅多《めった》にない。

果たして、鳥の鳴き声を聞きながら、ガラゴロと荷車は無事に家に着いたのだった。

家に着いたのでクルルを荷車から外し、皆で労をねぎらう。クルルはフンスと鼻息を一発吐いて喜びを表した。この後は荷物の運び込みだ。クルルにも手伝ってもらって、木炭、鉄石と粘土に調味料や酒、それと種芋をそれぞれの倉庫に入れる。

運び込みが終わったら本来は思い思いの時間なのだが、今回は大量生産が控えていることもあって、型と板金の生産を優先させてもらった。半日分でもあるのとないのとでは違ってくる。

型はサーミャとディアナ、リディで、板金は俺とリケの担当だ。皆黙々と日が落ちるまで作り続けていた。

◇　◇　◇

翌日からはいよいよ大量生産だ。前と違って違うものを二種類なので、これも分担をする。俺が槍《やり》を作って、他のみんなで剣だ。リディが型を作り、サーミャとディアナが鋳造をして、リケが仕上げをする。

まず今日はどれくらいの数を作ることができるかだ。六日間で間に合うかどうかで、その後の割り当てを決める。

だが恐らくはこの体制で行けるはずである。リケたちは一日五本、俺は一日四本が目標だが、これくらいなら多分行けるだろう。最終的には俺のほうをリケに手伝ってもらう可能性はあるが。

板金を火床に入れて加熱する。加工できる温度になったら取り出して金床に置いて鎚《つち》で叩《たた》き、形を作っていく。

断面は菱形《ひしがた》で見た目は斜辺がめちゃくちゃ長い二等辺三角形にする。基本的には刺突のみを考えた形状だ。斜辺のところは鋭くして、刃物ほどの切れ味はないが一応切れないこともないくらいにする。根本に柄を差し込むためのソケットを作り、穂先は焼き入れも焼き戻しもする。

槍の特徴はその穂先や長さもだが、石突があることだ。石突のほうもソケットを作り、地面に接する側を分厚くして突起を作った。

今回は高級モデルではなく、一般モデルの品質で作っていく。万が一何かで時間が足りなくなってきたときにもリカバリーができるからな。

分厚い板になっている木材を細く割ったあと、ナイフで削って棒にしていく。これが柄だ。本当であれば油なりを塗り込んで行くのだろうが、今回はそのままにしておいた。納入先で合った油を塗ってメンテナンスして欲しい。

柄を作ったら穂先側のソケットに差し込んで鎚で叩きカシメていく。同じことを石突側でも行って槍の完成である。

同じ作業を何度も繰り返して、一日が終わった。

この日に完成した槍は五本。このスピードなら余裕で間に合いそうだな。

リケ達、剣チームも六本作って目標は達成しているし、このペースで行けば大丈夫そうだ。


翌日も同じように作業をする。そう言えば、この槍を作るときの効率も上がっているように思う。以前までなら四本が精々だった可能性が結構あるからな。

しかし、今更ながら同じ作業を繰り返すということが苦にならない性格で良かった。同じことを繰り返すのが苦痛だったら昨日どころか、そもそも日々の生産に支障が出ている。まぁ、そんなことがないから鍛冶屋を選んだのだが。

そんなことを考えながら、何本目かの槍を作るべく、俺は赤くなった板金に鎚を振り下ろした。

# 6章　帝国の革命

六日の間、お互いに作るべきものを一心不乱に作り続け、目標の数を揃《そろ》えることができた。ほんの少しだけ時間が余ったので、全員で畑に種芋を植えておいた。

作ったものを荷車に積んで、クルルを繋ぐ。剣のほうはともかく、槍は数があるというのもあるが、長いのもあって流石《さすが》にかさばる。少し苦労して積み込んだ。

出発の準備が整ったらさっさと出発してしまうことにする。もうすぐ雨期になるらしいが、今のところはそんな気配もなく森の中は爽やかな空気だ。

虎の心配はほとんどなくなったようなのだが、熊は割とこの辺りもうろついていることがあるらしいので一応警戒はしておく。鼻が利くのがいるので、過剰に警戒する必要はないとも思うけどな。

無事に森から出ると街道になる。こちらももうすぐ雨期であることを感じさせない青い空と、雨を楽しみにしているのだろうか、背を伸ばした草原が広がっている。異世界でなかったら普通にのんびりとしてしまいそうな景色だ。

だが勿論《もちろん》、治安の悪さは前の世界の日本とは段違いである。警戒を怠るわけにいかないことには変わりない。弓と投《な》げ槍《やり》があるにせよ、そもそも使わないに越したことはないのだ。

時折ガサゴソと草原の一部が動いたりしていて、その度に警戒している全員が反応するが、ほぼ

「多分うさぎか何かの野生動物」である。今のところこっちまで狩りに来る必要はない（森の生き物で事足りるし）ので、お目にかかることはまずないだろう。

そうして緊張と弛緩《しかん》を繰り返し、街にたどり着く。ハルバードを持った衛兵さんに会釈をする。いつか使い心地を聞いてみたいところだ。マリウス経由で聞いてみようかな。

今まで結構な割合で視線を俺達に向けていた街の人達は、もうほとんど気にしなくなってきている。時折、他所《よそ》から来たと思《おぼ》しき格好の人間（獣人やらドワーフやらを含む）がびっくりしたような顔をするだけだ。

カミロの店に到着して、いつものとおりに商談室へ向かう。今日はカミロもかなり早く商談室に来た。今日に関してはこの時間に来る可能性はかなり高かったし、予測はしてたんだろう。

「よう、どうだ商売のほうは」

「まだなんとかなってるよ」

俺とカミロは軽口で挨拶を交わす。それもそこそこに本題だ。

「それで、言ってた数は用意できたのか？」

「もちろん」

「流石だな。助かるよ」

「仕事だからな」

俺はニヤッと笑って言った。カミロもニヤリと笑う。カミロはそのまま番頭さんに目を向けると、番頭さんは頷《うなず》いて部屋を出る。

「革命の話なんだが」

番頭さんが出ていったことを確認して、カミロが話を始める。

「革命自体には影響はないらしいんだが、困った話を聞いてな」

「困った話？」

「ああ」

カミロは頷く。

「今のところは大丈夫だと思うが、どうも帝国軍の動きがおかしいらしいんだよな」

「どこかから情報が漏れてる？」

俺が聞くとカミロは再び頷いた。

「帝国もバカじゃない。諜報員《ちようほういん》もいるだろうし、動こうとすればある程度気取られるのは仕方ない」

「ふむ……」

「さっきも言ったが、革命には影響がない。問題なのは……」

カミロは一瞬ためらったあと、言葉を続けた。

「どうもヘレンが帝国側に捕まったらしい」

「ヘレンが!?」

俺は驚きを隠さない声で言った。なんせ俺よりも遥《はる》かに強いし、持っているのは俺の特注モデルのショートソードなのだ。その辺の連中に後れを取るようには思えない。

「どういう状況だったのかはわかってないんだがな」

「普通に戦闘に負けて、ではないよなぁきっと」

「少人数同士ならな。大人数相手なら分からんぞ」

「ああ……」

一騎当千の英雄とて、単騎で万軍に勝つことは難しい。そんな状況だったんだろうか。だがそうは言ってもだ。

「ただ、あいつを捕まえるほどの軍勢が動けば目立つはずなんだが、そんな情報もないんだよな」

そうなのだ。そんな状況ならカミロの耳に入らないはずがない。今回の革命も把握していたくらいなのに。

「隠蔽された？」

「かもな。もしくは何か別の要因があったのか、だ」

「ふうむ」

俺は唸《うな》って腕を組んだ。ただの客と言えばそれまでだが、数少ないこっちの世界での知り合いでもある。なんとかしてやりたいところだが、立場的にはあくまで鍛冶屋だからな。

「こんな話をしたのはだ」

そう言いながら、カミロは身を乗り出した。

「侯爵閣下のご依頼でな。〝帝国に行っても怪しまれない人間を派遣して彼女を救出して欲しい〟だそうだ。で、俺が思い当たる人間でそれができそうなのは一人しかいない」

「……俺か」

カミロは頷く。

「鍛冶屋にそういったことを頼む、てのが随分と歪《いびつ》なのは理解しているが、ある程度以上戦えて職業柄移動しないでもない人間となると、俺が知ってる中ではお前だけだ」

「なるほどねぇ」

あとは俺が受けるかどうかか。ちらっとうちの皆のほうを見てみると、「やるんでしょ」みたいな顔をして俺を見ていた。失敬だな君達。

「わかったよ」

ため息をつきつつ、俺はカミロに返事をする。

「いつもすまんな」

「いいよ。いつもの仕事……ではないけど、ヘレンは知らないやつでもないし」

それに、侯爵閣下のご依頼となれば、カミロも「ダメでした」とは言いにくいだろう。これで侯爵には鍛冶の腕前の上限はともかく、普通でないことは完全に筒抜けになると思っていいだろうな。

そうなったらそうなったで、それを前提としてできる限り利が出るように振る舞うだけだ。


その後、帝国に向かうための打ち合わせをカミロと続けた。当然だが早いほうがいいので、明日早々にも向かうことになった。「行商人にくっついて、色んな修理をしている鍛冶屋」というのがカバーストーリーだ。

これに沿うなら簡易の炉などが必要だが、それらはカミロが用意する。向かうときの馬車もカミロのところの馬車で、以前に都に乗り込んだときと同じ方法で落ち合うことになった。

細かいところはその道行きでする。ヘレンが捕まっているおおよその場所の見当もついているらしいが、そこを探ることもしなければいけないし、救出作戦の詳細は見つけてから立てるよりないからな。

そこまでを話して、俺達はバタバタとカミロの店を後にした。さて、本業じゃないが忙しくなるな。

カミロの店を出たあとは、そのまますぐに街を出た。街道も警戒はするが、最低限に留《とど》めて家に帰る速度を優先する。森の中でも同じだ。

森の中も全速力……だと荷物が跳ねたり、俺達も厳しいのでそれなりの速度で走り、過去最高速で帰り着いた。

荷物を片付けて、クルルの労をねぎらう。かなり急がせたにもかかわらず、クルルは平気な顔をして「クルルル」とご機嫌に鳴いている。

魔力もエネルギー源になっている、とリディが言っていたが、もしかしてそれも影響しているんだろうか。

興味は尽きないが、今それを試している時間はない。明日の朝くらいにはもう出発しないといけないのだ。その準備が必要なので、慌ただしく家に引っ込む。

猪《いのしし》の干し肉を多めに切り分ける。食うものは大事だ。後は前の遠征のときに持っていった包帯代わりの布切れやらを、背嚢《はいのう》に詰め込んだ。

「他に必要なものは何かな」

「親方は鍛冶屋として行くんですから、その道具がいるのでは？」

「そりゃそうだ」

愛用の鎚と、残っている板金をいくつか見繕って空いている箱に入れる。これで出かける準備自体は良いかな。


「で、詳細は説明するまでもないが、またお出かけします」

夕食のときに皆を見渡して俺は言った。

「今回は期間が分からない。一週間後には帰ってるかも知れないし、一ヶ月くらい帰ってこないかも知れない。流石に一ヶ月を越えることはないと思うがな」

そんなに時間をかけていたら、その間に革命が起きてしまうし、そうなったらヘレンの命があるかはかなり怪しいものだ。リミットとしてはそれくらいが最長だろう。

「その間、なにか心配なことはあるか？　もし必要なものが出そうならカミロに言って、森の入り口に配達させるが」

俺の言葉に皆が考え込む。最初にサーミャが口を開いた。

「肉は平気だろ」

「森の中で食べられる植物は私が分かりますし、畑もありますから」

リディがその後を引き取る。

「強いて言えば鉄石や炭ですけど、倉庫にもある量を考えたら一ヶ月くらいはなんとかなりそうに思います」

お次はリケだ。毎回消費量以上を仕入れていた甲斐《かい》はあったということか。倉庫も建ててからそんなには経《た》ってないが、早くも役に立ってくれて良かった。

「家の補修とかになっても、私達でできるしねえ。大丈夫なんじゃゃない？」

最後にディアナがそう締めくくった。


「じゃあ、特に心配することはないか」

「逆にあなたが心配だけどね」

俺が言うと、ディアナがそう返す。

「いっつも本業とは違う依頼をホイホイ受けちゃうんだから。前も怪我《けが》して帰ってきたでしょう？」

それを言われると申し開きのしようもない。俺が少し身を縮こませると、要因の一つであったリディも同じようにしている。

「あ、別にリディが悪いってわけじゃないのよ？　エイゾウはもう少し自分を大事にしたら、ってこと」

ディアナの言葉にサーミャとリケがうんうんと頷く。

「あなたの選択だから引き止めはしないけど、無事に帰ってきて欲しいというのが家族の総意なのは忘れないでね」

「分かってるよ」

彼女達の心配そうな顔を見て心配させないように何か言おうとしたが、俺は少しウルッときそうになったのをグッと抑え込んで、笑ってそう言うのが精一杯だった。

◇　◇　◇

翌朝、拝礼の後で女神像を懐に入れて荷物を持ち、クルルの牽《ひ》く荷車に皆で乗って森の入り口まで行く。少しとはいえ板金もあるし、皆とはしばらく離れることになるしな。

森の入り口に着いたら、少し奥まったところで街道の様子を窺《うかが》う。雨期の到来を告げるものだろうか、遠くに重たそうな雲が見えている。

時折、行商人のものらしき馬車や隊列、徒歩で移動する旅人が通り過ぎる。本格的な雨期の前になるべく遠くまで移動しておきたい、というのは分からないではないな。道が泥濘《ぬかる》むとどうしても移動はしにくい。

やがてそれらよりも速い速度の馬車がやってきて、森の側に停《と》まった。普通、修理なんかをする場合は多少でも安全な草原側に停めるのだが、こちら側に停めたということは……。

「カミロ」

荷物を持ってそろりとその馬車に近づき、俺は声をかけた。

「おう、いたか」

見慣れた顔が馬車の上から顔を出す。

「ああ。手伝ってくれ」

板金を収めた箱をカミロに手渡して引き上げてもらう。そのまま俺は馬車に乗り込んだ。

今ならまだ他に通行する者もいない。その間に出発してしまうことにした。荷台に立って森に向かい手を振る。うちの家族が手を振ってそれに応えてくれたのを確認すると、俺は荷台に座り込んだ。

馬車が走り出す。いくらか進んだところで、俺は違和感に気がついた。

「こいつは……サスペンションを搭載してるのか」

さっき乗り込んだときにはよく見ていなかった。いや、もしかするとパッと見には分からないように擬装していたのかも知れない。

「ああ。ようやくそれなりに使える目処《めど》がついたんでな。まだ量産の目処はついてないから、真似《まね》をされないように隠してるが」

俺のほとんど独り言のようなつぶやきに、カミロが答える。ゆらゆらと揺れるが、以前のようなガツンとくる突き上げは来ない。

「これが魔物討伐隊の馬車にあれば、腰の痛みももう少しマシだったんだろうがな」

「そのうち売り込むつもりだから、もし次があれば搭載車に乗れるかもな」

「次がないように祈りたいところだがね」

「それはそうか」

カミロが笑い、俺も笑った。なるべくならああいうことはあんまりやりたくないものだ。俺はただの鍛冶屋だからな。


街道を馬車が走る。普通の馬車なら荷物を積んでいないかのような速度だ。

「この速さなら帝国へは思ったより早く着くだろうが、それでも数日はかかる」

カミロがそう言う。

「だから、これからの道行きで細かいところの話を進めていこう」

「分かった。そもそも侯爵が依頼をした理由も知りたいしな」

「ああ。それは簡単だよ。ヘレンを帝国へ派遣する件の依頼人が侯爵だからな」

「それだけで使い捨てのはずの傭兵《ようへい》を救出する依頼とは、随分と義理堅いな」

「……まぁな」

この口ぶりではそれだけではないってことか。言わないということは俺が今知ることは避けたほうが良いんだろう。

俺は馬車の座席に深く座り直して、他の話題を始めた。

「帝国ってどんなところなんだ？」

「王様の代わりに皇帝がいるって以外には、生活や建物なんかはほとんど王国と変わらないよ」

「そうなのか」

帝国なのでなんかものすごい軍事要塞があるとか、そういうものを期待してしまっていたのだが、そりゃ王国と帝国の違いって何だと言われると、国家元首が国王か皇帝かの違いくらいだよな。権能としても本来そんなに違いはない。

「ああ。国としては王国以上に貴族達関係なしの、ほとんど独裁だが」


王国は貴族達の議会のようなものがあって、そこの合議で色々決まっているらしい。ただし、最終的な裁可は国王（王家）がするということだから、絶対君主であることには変わりない。

とはいえ、あれもこれも蹴っていては貴族達の不満も溜《た》まるし、そうなれば離反する者も出てくるだろう。国王といえども、とどのつまりは騎士の頭領でしかない。

なので、王家にとんでもなく不利だとか、そんなものでもない限りは採用される。

翻って帝国の場合、基本的には皇帝の決定のみが存在するらしい。貴族の集まりはあるのだが、議会というよりは諮問機関のようなもので、皇帝の決定を発布する前に意見を出す。その意見を採用するもしないも皇帝次第である。

皇帝が最初から意見を聞く気がない場合は、諮問機関にもかけずにそのまま発布される。そしてそのパターンは結構多い、らしい。

国家元首がすごく有能であれば、帝国のほうが急速に発展する可能性が高い。決めてから実行までのスピードが段違いだからな。

しかし、革命が取り沙汰されているということは、今の皇帝が有能かどうかは言うまでもないってことなんだろう。

「革命まで言い出すということは、民に不満が溜まっている?」

「まぁなぁ。ここ数年ほどで税が重くなっててな。もちろん、それ一つだけで革命ということにはならんのだろうが、直接的な原因はそれとその税を帝国の貴族連中が懐に入れていた、という話が出たことだよ」

自分が稼いだ税が誰かの贅沢《ぜいたく》のためだけに使われている、てのは不満が溜まりやすそうだ。前の世界のフランス革命も、つまるところはそれが原因だった記憶がある。

「それでどうしようもなくなったとき、王国なりに逃げられるうちは良かったが、移動に制限がかかるようになってそれもできなくなったのが最後のひと押し、ってわけだな」

「なるほどねぇ」

追い詰められたら自分達のために変えよう、とする連中が多かれ少なかれ出てくるのは世の常だ。俺は前の世界でもこっちの世界でも、幸いにしてそこまでに至ったことがないが想像は容易だ。

「移動が制限されているってことは、俺達はどういう名目で入るんだ?」

「それは住民達だけで、巡礼者を含む旅の連中や行商人なんかは対象外だよ。だから俺達は行商人として正々堂々乗り込める。まぁ、許可状を取るにもそれなりの金がかかったけどな」

カミロは懐から木片を取り出して俺に見せた。確かにそれらしきことが書き付けてある。これがあれば通過自体は問題ないということだろう。

「あとは本当の目的を気取られないように、ということか」

「そういうこと」

何度見ても似合わないウィンクをしながら、カミロが言う。

情報収集も必要だし、今までとは違う働きが必要になってくるな。俺はそんなことを思いながら、広がる景色に目をやるのだった。

情報収集が必要だとは言っても、もちろんヘレンが連れて行かれた先のおおよその見当はついているらしい。

「どうも商業が栄えてるところに連れて行かれたようなんだよな」

「軍事都市でなくてか?」

「ああ」

傭兵を監禁しておくなら、それこそ駐屯地のようなところのほうが良さそうに思うのだが、そうではないのか。

「きっと人の出入りが多いからだろう。傭兵の一人や二人くらいは隠して入れることができる。倉庫もいっぱいあるから隠して監禁する場所にも事欠かない」

「つまり、ヘレンが捕まったことを隠したままにしておきたい事情が帝国側にもあるってことか」

「おそらくな。そうだとすると奪還自体は楽かも知れない。なんせ捕まってないことになっているわけだし、牢《ろう》もちゃんとしたものじゃないだろう。闇から闇に葬り去るという決定があるまでは、酷《ひど》い扱いにもならん」

「その期限が差し迫ってるということだな」

「そうなるな」

カミロがいつオファーを受けたのかは分からないが、俺が言われて翌日には出立ということはそれなり以上に急いでいることは確かだ。

移動の間にどんどん細部を詰める。馬車だから乗っている人間以外に聞かれる心配は基本的にはない。

「で、見つかったら俺はどうするんだ？」

「すまんが戦闘要員だな。後は逃げるときの偽装をしてもらうかも知れん」

見かけは普通のオッさんが剣の使い手とは思わんだろうから、紛れるには良いか。そっちは良いとしてだ。

「偽装？」

「ああ。逃げるときに俺達と一緒だと怪しまれる可能性があるからな。どっからどう見ても普通のオッさんのお前と、夫婦か何かってことにして抜け出す手がある」

「夫婦は無理があるだろ」

「そうでもないぞ？　鍛冶屋って仕事柄嫁さんとなかなか出会えないからな。ヘレンは顔に傷があるし、貰《もら》い手《て》とか考えるとおかしくはない」

「ふうむ」

「まぁ、あの短い赤毛で顔に傷じゃあバレバレだから、そこにカツラも用意はしてある。秘密裏に捕縛したんなら、衛兵には外見も含めて細かいところは通達されてないだろうし、それでなんとかなるはずだ」

「なるほどねぇ」

　人と多く触れ合うってことはそれだけ情報が漏れやすい箇所ということだ。例えば店のおかみさんたちの口が総じて軽いと思われているのは、何も悪気があってのことではない。情報の秘匿という概念が薄いのと、接触する人数の多さに起因する。

　衛兵達には情報の秘匿の概念はあるものの、どれがそれに該当するのかという判断については甘い部分も多い。彼らも何だかんだと教えてくれたりするからな。親切心からなので、あまり悪《あ》しざまには捉えていないが。

　そんな話をしながら、帝国へ向かって街道を進む。ここはまだ王国領だからか、野盗に出くわすことはなかった。


　一日目は国境近くの町に宿泊する。国境からほど近いということは、つまり人の行き来が多く、正規の軍隊の駐留もあるということだ。

　宿はそれなりの行商人が泊まるのに問題ないようなところで、部屋も一人一部屋だが、御者の人は宿に寝具を借りて馬車で寝る。荷物番も兼任というわけだ。この辺りがこういった場合の標準らしい。

　部屋については可もなく不可もなくというか、特にうちの寝室ともさほど差はなかった。こういうのってめっちゃ高級か、あるいはその逆でめっちゃ粗末なところでないと特色出にくいよね……。

「よし、じゃあちょっと出るか！」

「どこにだよ」

　夕食の後、カミロが張り切りだした。もう外は完全に日が落ちている。何をするにももう遅いんじゃないのか。

「情報収集だよ」

「だからどこに」

　どんな情報を、はともかくとして農夫なんかはとっくのとうに家に帰っている。普通の店もとっくに閉まっているし、収集するべき対象がいない……ああ。

「娼館《しょうかん》か」

「ご明察。お前も行くだろ？」

　こんな時間で開いてる店と言ったら酒場か娼館くらいしかない。

　本当なら何日かかけて酒場をハシゴするんだろうが、俺達は今日来て明日には発《た》つ。ふらっと来て一日で町の酒場を回り、どの酒場でもある一定の話題を必ず一回は出していた、となったら聞きたいことがバレバレだ。

　であれば色んな人から話を聞くよりも色んな人と接している人で、かつ口の堅い職業の人に聞いたほうがいい。一人に一回聞いただけなら違和感もない。

情報を持ってないというハズレを引くリスクは当然有るし、どこかに通じていない保証もないが、今日はまだ確かな情報を得る段階ではなく、その前の匂いのようなものを探る段階だ。

「行かないよ」

「なんでだ。奥さん達に悪いからか？」

「いや、あれは家族でだな……」

この世界は別に一夫一婦制というわけではない。なので全員を娶《めと》っても文化上は問題ないのだが、結婚しない理由はそれではない。

「まぁ、ハズレを引く確率を下げるには何人かで行くのが良いんだよ」

「二人で行って二人とも同じこと聞いたら怪しくないか？」

「そ、それは……」

行きたくない理由の一番はこの世界から見たら〝お客さん〟である、俺の血を残す可能性を作りたくないってことだ。おそらくは避妊技術もほとんどないだろうこの世界だと万が一ということもあるしな。

俺が家族の誰とも結婚したり子をもうけたりするつもりがない理由でもある。こっちは彼女達にもその気がなさそうなので、今のところ気をもむ必要もなくて助かっているが。

だがこの理由は話すわけにはいかないので、他の理由でごまかすしかない。今回は上手《うま》くいったように思うが、色々と考えておかないとな。

「それに俺は口下手なんだ。情報収集は得意なお前に任せるよ」

「分かったよ……」

トボトボ半分、ウキウキ半分で宿屋の食堂を出ていくカミロを俺は見送った。

◇◇◇

今日も朝イチから移動なので、俺も御者さんも起きて一緒に朝飯を食っていた。周りでも状況が同じであろう人達が朝食をとったり、それもそこそこに出立していったりしている。

そこへカミロが戻ってきた。スッキリしたようなそうでないような微妙な顔をしている。

「で、どうだった？」

俺はカミロに聞いてみる。無論、娼館のレベルの話ではない。

「ああ。いくつかの情報の裏付けはとれたな。どの町にいるのかは確定だ」

「普通に良い情報じゃないか」

「ただ……」

「ただ？」

カミロは俺に顔を寄せ、声を潜めて言った。

「ちょっと思ったより決起が早くなっていそうだ」

「それはそれは……」

「後は道すがら話そう」

「ああ」

カミロが宿の食事をかきこむように食べたあと、三人一緒に外に出る。昨日はもうほとんど日が暮れていたのではっきり見えなかったが、山がその姿を見せている。国境はその山のほうにあるはずだ。

俺達は馬車に乗り込んで国境を目指し、町を出た。


この辺りでは唯一らしい街道を馬車で行く。途中で分岐するようなところもなくなり、どんどん山が近づいてくる。この様子だと、昨日宿泊した町はほとんど前線基地ってことだな。

やがて馬車は山の麓辺りに到着する。国境と思《おぼ》しきところには木の柵が張られていて、逆茂木が据え付けられている。そのすぐそばには石造りの砦《とりで》があり、そこから周囲を見通せるようだ。物見台と思しきところには弓を背負った兵士が立っている。

砦の外周には馬が繋《つな》いであった。非常時にはあれで追いかけたり、伝令を飛ばしたりするのだろう。

柵が途切れたところには簡易の門があって、前の世界の時代劇に出てくる関所のようにも見える。いやまぁ、実際に機能としては関所なわけだが。

違うのは立っている衛兵が重武装なことと、砦と門のあたりに帝国のものだろう紋章が描かれた旗が風をはらんではためいていることだ。

そこに通過チェック待ちの列ができていた。通常なら帝国側から王国側に抜けるほうもそれなりの行列ができていても良さそうなものだが、そちらはほとんどいない。出国禁止というのは本当のようだな。

ただ、そちらは荷物に帝国の住民が隠れたりしていないかのチェックなんかでやたら時間がかかっているみたいだ。

通常なら帰りはここを通る必要があるわけだが、俺やカミロは勿論《もちろん》、御者さんもヘレンも帝国民ではないから、多分大丈夫だろう。行きも帰りもよいよいといきたいところだ。

俺達は帝国へ入国するほうの列に並ぶ。ジリジリと列が進み、俺達の順番になった。衛兵が俺達に声をかける。

「入国する目的を述べよ」

「私は行商人で、これから町を巡って商売をします。こちらが証《あか》しになります」

カミロは懐から木札を取り出すと、衛兵に渡す。衛兵は内容を確認すると、頷《うなず》いてカミロに返し、今度は俺に声をかけてきた。

「お前は?」

「へい、ヨシミツという北から流れてきた鍛冶屋で、この方にくっついて鎌や鍬《くわ》なんかを直したり打ったりするんでさあ」

「それも私の商売になっています」

俺の説明をカミロが引き取る。これで大丈夫だとカミロは言っていたが、こんな経験はしたことがない。前の世界でも海外旅行なんかしてないからな。

俺の名前が偽名なのは念《ねん》の為《ため》である。とは言ってもちゃんとした戸籍謄本なんかがあるわけではないし、あったとしても俺にそんなものは存在しないから、本当に念の為でしかないが。

「……」

衛兵が俺の顔をじっと見るので、俺はあまり得意とは言えない愛想笑いをする。

「よし、通っていいぞ」

内心ホッとしながら衛兵に頭を下げると、馬車は進みだした。

「ああ、ヒヤッとした」

「ここは綺麗《きれい》な道がここだけだし、山も近いからあんな設備があるが、普通はないからなぁ」

「そうなのか?」

「何のために町に外壁や門があると思ってるんだ?」

「なるほど確かに」

柵もあるが、関所の機能はつまりはもののついでなんだろう。本当の機能はここで王国からの侵攻を発見、足止めして時間稼ぎしつつ早馬を飛ばして援軍を呼びその間持ちこたえることのようだ。ただ、この砦を大きく迂回《うかい》できなくはない。山を越えるというリスクをとれば関所を通ることなく帝国から王国への入国、あるいはその逆も可能だ。実際そうしようとした人もいるのだろう。どうなったのかは知る由もないが。

「それで、どうなんだ?」

街道に誰もいなくなったところで俺はカミロに聞いてみた。

「娼館の娘が言うには、この数日で〝俺と同じような行商人〟がたくさん通ったってよ」

「それで決起が早まりそうって話をしてたのか」

「そうだ」

「しかし、急に武器が入りだしたら帝国側に怪しまれないか？」

「それもあるからだよ。帝国の調査が終わる前に決起してしまえば、不意も打てるし」

「なるほど」

俺はこういった謀《はかりごと》には疎い。前の世界では出世なんかに全く欲がなかったからな。騎士団長に転生するとかいう課長の漫画でも読んでおけば良かっただろうか。

「それで、お前には悪いがいる町も分かったし、今日は途中の町で宿泊せずになるべくその町を目指す。休憩は必要だから野宿だな」

「分かった」

「すまんな」

おい、とカミロから声をかけられた御者さんは頷くと、馬に鞭《むち》を入れる。サスペンションのおかげで多少速度を上げても平気ということもあって、俺達の乗った馬車はなかなかの速度で街道を駆けていった。

普通の馬車にしては速いスピードで街道を飛ばしていく。周囲の景色もそれにつれて変わっていく。

他の馬車や旅人とすれ違ったり追い越したりするときだけ、サスペンション搭載がバレないように少し速度を落とす。

速度を落とすと言っても、「かなり飛ばしている」とは感じるだろう。それくらいの速度だ。

全力で走らせ続ければ当然馬は潰れてしまう。魔力を吸収しておけばかなり無尽蔵に動けるらしい走竜とはわけが違うのだ。

なので、時折は休憩を挟む。水と塩と飼い葉を馬にやり、俺達は携行食と水だ。休憩を挟んでもペースとしては十分に早く進めているらしく、「やはりあれを教えてもらって良かったよ」とカミロが言っていた。

間を通ってきた山はとっくに背後に遠ざかって見えなくなっていて、周りには草原と言うにはほんの少し寂しい景色が広がっている。

うちの近くよりも草の量が少なく、その代わりであるかのように岩がゴロゴロと転がっていた。馬車を降りるわけにもいかないので詳しく見ることはできないが、植生が違っているようだ。

もし色々落ち着いたら、この辺りをのんびり訪れてみるのも良いかも知れないな。……次来たときにも快く入国させてくれたらだが。

やがて日が落ちてきそうになったので、野営の準備を始める。水は途中で空樽《だる》に汲《く》んであるので、火を熾《おこ》すだけだ。天幕はないので、適当な毛布にくるまって眠ることになる。

飯は携行食の干し肉と豆を煮ただけの簡単なスープだが、休憩時みたいにそのまま齧《かじ》るよりは随分とマシである。俺とカミロと御者さんの三人でのんびり食べて、交代で見張りを立てながら眠ることにした。


夜半、ユサユサと揺られて目を覚ます。

「交代です」

「分かりました」

御者さんだ。彼は明日も馬車を操作しないといけないため、最初の見張りに立ってもらって、その後は朝までゆっくり寝てもらうのだ。

「お茶をいれておきました」

「ああ、すみません、ありがとうございます。それではおやすみなさい」

「ありがとうございます。おやすみなさい」

毛布をひっかぶったまま、短槍《たんそう》を持って辺りを見回す。焚《た》き火《び》のせいで夜目は利きにくいが真円を描く満月が出ていて辺りを静かに照らしている。

月は森の中だと見えにくいし、遠征中は夜になったらさっさと天幕に戻っていたので、こうやってハッキリと見るのはこちらに来てからは初めてだ。

クレーターもなく青く輝いているのが、違う世界ということを否応《いやおう》なく認識させられはするが綺麗なことには変わりない。

インストールの知識によれば、こっちの月は太陽の光を反射して輝いているのではない。月の女神の祝福で輝いているらしく、どんな物質で構成されているのかは知識に該当がなくてよく分からない。

太陽も太陽神の祝福であるそうなので、前の世界の知識では通用しない部分ということになる。この世界の〝常識〟では太陽も月も神様が祝福の気持ちをぶん投げてる、という豪快な神話に基づいての太陽と月の出入りになっている。

四季があるのは、のんびり屋の太陽神は春から夏にかけて祝福の気持ちが高まり、そこから冬に向けて流石《さすが》に疲れて祝福の気持ちをためるフェーズというわけだ。

月の満ち欠けも理由としては同じになる。短気な月の女神はおおよそ一月で祝福の気持ちがサイクルする、ということらしい。

そんな短気な月の女神の、祝福の光を浴びながら、時折焚き火に薪《まき》を追加して静かな平野を眺める。時折、何かの獣の声が聞こえて肝が冷えるが、その声がこちらに近づいてくる気配はない。

そうやって見張りにしてはのんびりと夜を過ごしていった。


適当な時間になったので、焚き火で湯を沸かして茶をいれ、カミロを起こす。

「交代だぞ」

「おう」

カミロは寝入っているところを起こされた割にはスパッと目を覚ます。

「寝起きが良いな」

「長いこと行商やってると、サッと寝付いてサッと起きるのが身につくからな」

「なるほど」

こうやって見張りしたりなんかも一回や二回ではないのだろう。経験がものを言うとはこのことだ。

「茶だ」

いれておいた茶をカミロに差し出す。

「おう、すまんな。おやすみ」

「ありがとう、おやすみ」

カミロに挨拶をして僅かな眠りを貰《もら》うべく、毛布にくるまって横になった。

◇◇◇

翌朝、起こされる前に目を覚ます。御者さんもカミロも、もう起きていた。カミロのほうは見張りに立ってそのままなだけだが。

「おう、起きたか。おはよう」

「おはようございます」

二人から挨拶されたので、俺も「おはよう」と返した。

「お前に教えてもらった板バネの仕組み、アレのおかげで今日には町に着けそうだ」

「そのための仕組みだからな」

出発の準備を進めながらカミロと会話を交わす。御者さんも「速度の割には辛《つら》さが少ない」と言っていた。

やはり文明の針を若干進めてしまった感じは否めないところだな。これで色々なものの流れる速度が上がるわけだし。

機構的には複雑でもないので、前の世界のダ・ヴィンチのような、文明にブレイクスルーを与える人間がどの段階で出るかという話なだけではある。

出発の準備が整ったので、全員で乗り込んで街道を行く。前日と同じく、他に人（や馬車）がいない間は飛ばして、そうでないところではやや速度を落とす。

少し遠くには時折大きな岩山が見える。カミロに聞いてみると帝国は王国よりも鉱山が多いらしい。もしかしたらリケは帝国から来たのかも知れないな。

全体としてはやや荒涼とした景色が続く。草が伸びている部分もあるから、耕作に適さないということではないのだろうが、ここらには人が住んでいないように見える。

王国もだだっ広い草原が広がっているが、耕作地は街や都の近くだけで事足りるようで、あまり遠くまでは広がってないし、似たような状況と考えればおかしくもないのだが。


途中で馬を休ませるために休憩をとる。汲んだ水で顔を洗いながらカミロが言う。

「速いのは良いが、それだけ馬が疲れやすいということはあるな」

「馬も限界はあるからな」

「飯だけ食わせてたら疲れ知らずで走る馬とかいれば良いんだが」

「そんなのいたら行商人が使いまくるだろ」

「当たり前だ」

この世界だと走竜が比較的それに近いのだが、魔力の供給という側面は一般には知られていない。知っているのはエルフ達くらいで、後はおそらくは王宮の一部の人間達だけ、とかのようである。少なくとも伯爵家令嬢まで降りてくる話でないことは確かだ。どのみち知ったところで魔力の安定供給を可能にしないと意味がない。

魔力の供給が安定してできるような道具か、あるいは蒸気機関から始まる内燃機関の発達があればカミロの思い描く理想はやってくるのだが、少なくとも俺はそれに自分から関わる気はまったくない。

前の世界の歴史から言えば、その端緒くらいは俺が生きている間に見られるかも知れないが、発展までを見ることは不可能だろうな。

休憩を終えて、街道をひた走る。もう後二時間ほどで日が沈むかも知れないといった頃、にわかに道に荷馬車が増えてきた。

「そろそろか」

俺はカミロに声をかける。

「そうだな。あそこに見えるのがそうだ」

カミロの指さすほうを見てみると、壁に囲まれた町が見えた。

あそこにヘレンが囚《とら》われているのか。俺は思わず荷台の縁をギュッと握りしめていた。

# 7章　救出

並ぶ荷馬車の列の最後尾に俺達も並ぶ。少しずつ前に進んでいるが、その分後ろにも次々と荷馬車がやってきて、列全体の長さは一向に縮まらない。待っている荷馬車の間を物売りの少年少女が食べ物や花を持ってウロウロしている。

「坊や、そいつをくれないか」

俺はその中の帽子を被《かぶ》った一人に声をかけた。銅貨五枚を渡して、ミカンみたいな見た目の果物を三つ受け取る。

カミロに聞いたところでは、こういう子達が売っているものの相場は果物一つで銅貨一枚だ。つまり三つで銅貨三枚なので、二枚は余分に渡したことになる。

「毎度あり」

子供は頭を下げ、俺は手をひらひら振った。

「でも、あたい女の子だからね」

ギョッとして見てみると、その子は帽子を脱いだ。確かに髪が短いだけでクリクリした目の可愛《かわい》らしい女の子だ。

「悪かったよ」

俺は苦笑しながら懐からもう一枚銅貨を取り出すと、女の子に放り投げてやった。

「ありがとう、旦那」

それを帽子で受け取ると、女の子は帽子を被り直して他の荷馬車のところへ行った。

買ったミカンみたいな果物を御者さんとカミロに渡す。果物はオレンジに味が近くて酸味が多かったが、そういうものと思えば十分に美味《うま》かった。

チラッとカミロのほうを見ると、カミロは一瞬呆《あき》れた顔をしたがそっと頷《うなず》く。見つけたら仕入れておいてくれるだろう。


やがて町の門のところにたどり着く。短槍《たんそう》を持って鎧《よろい》を着込んだ門衛が近づくと、カミロは行商の許可証を取り出して門衛に提示する。

「お前は？」

「この旦那についてきた鍛冶屋でさあ。この方の売り物も作るんで」

聞いてきたので答えると、ジロリと俺の風貌を見やる。まぁ、どう見たところで三十歳（中身は四十過ぎだが）のオッさんの風貌である。

「通れ」

門衛は手で通過を促す。俺達三人は会釈をして通り過ぎた。

「まずは第一関門突破ってところか」

小さめの声でカミロに話しかける。

「入っちまえば、もうほとんどこっちのもんだけどな」

言われて外壁と門を見やる。町の中にも衛兵はいるのだろうが、確かにこの大きさの町では人が一人や二人こっそり動いていたところで見咎《みとが》められて窮地に陥ることはまずあるまい。ましてや行商人とそれについてきただけの人間である。

さっきの衛兵にしろ、ヘレンと同じ（と推測できる）王国からの行商人がやってきたにもかかわらず、大したチェックもなしに通したということは想定通り何の通達も来てないのだろう。

もちろん警戒していることを悟られないための演技である可能性も捨てられないが、それができるようなのに当たってしまったとしたら俺が不運なだけだ。

「情報収集には早めに取り掛かりたいところだな」

俺は今後の話を軽くカミロに振ってみる。

「一番いいのは今日なんだよな。商売するのにあれこれ聞いてる、って言い訳をしやすい」

「明日以降は？」

「その裏付けをして終わったら実行だな。今日で目星はつくと思うぞ。向こうさんも急だっただろうし、隠蔽も完全ではないだろ。ま、とりあえず宿に落ち着こう」

「分かった」

俺は町の様子を荷馬車の上から眺める。あらゆる種族がウロウロしていて活気に満ちている。

ここは商業都市だから色々な土地から様々な人が集まっていてこの活気なのだろうが、普通の町や村の様子はどうなんだろうな。もっと空気が沈んでいたりするものだろうか。

ひとまず集中すべきはヘレンの救出なのは間違いない。俺が役に立つのは最後のほうになるだろうが、そこまででも気を抜くわけにいかないからな。気を引き締めよう。

そんな小さな決意を秘めた俺を乗せて、荷馬車は町の中心部へと向かっていった。


町の喧騒《けんそう》の中をゆっくりと進んでいって、やがて目的地である宿屋にたどり着いた。

そこそこの大きさでなかなか立派な店構えのところだ。

カミロは宿の人間に一週間ほどの逗留《とうりゅう》であることを告げ、三人分の部屋を確保した。今回は御者さんも一緒に泊まる。

この御者さん、もちろんただの御者なだけではなく、情報収集もするらしい。馬車の荷物は宿の人間に別途料金を払って見張ってもらう形だ。

逗留するのに必要な荷物を部屋に運び込み、一旦カミロの部屋に全員で集まった。

俺はカミロに話しかける。

「結構立派なところにしたんだな」

「ある程度しっかりしたところでないと、ナメられて大した情報が集まらないからな」

「なるほど」

「それに今後の情報収集にも関わってくる」

「と言うと?」

「倉庫の情報を探すんだから、儲《もう》かってるふうを装わないといけない。で、俺とエイゾウは自由市に出て商売をする。本当の目的が何かは言うまでもないよな？」

俺は頷いた。

「〝ここに店を出そうと思っているんだが、倉庫を知らないか？〟ってことだろ」

「そういうこと」

この町の何処《どこ》かに今もヘレンが囚われていると思うと、一刻も早く助けてやりたいと気が逸《はや》るが、こればっかりはどうしようもない。

御者さん――フランツさんというらしい――が口を開く。

「私は？」

「君は我々が自由市に出ている間の情報収集だな。大きい割に荷物の出入りが少ないところを探って欲しい」

カミロが返すとフランツさんは「分かりました」と頷く。

「とりあえずは明日様子を探るとしよう」

カミロの言葉に俺とフランツさんはもう一度頷いて、この日を終えた。

◇　◇　◇

翌朝、馬車を自由市まで持っていく。勿論《もちろん》フランツさんの操縦である。商業都市だけあって、ここの自由市はかなり大きい。

中にはほとんどここで固定した商店を構えている商人もいるらしいことを考えれば、大きさの程も分かろうというものだ。

ルール的なものはほとんど俺が行っているあの街の自由市と変わらない。広さに応じた場所代を払って、売り場の台がないやつは借りて空いてるところで商売だ。

今回俺達はそそこの広さのところに陣取る。本気で商売をするつもりでもないので端のほうの位置だ。俺が簡易の炉を使うしな。

カミロが前に立ってナイフやらを並べて商売開始だ。時々切れ味を客にアピールしたりしている。その後ろで俺が炉に火を入れて使えるように準備していると、一人の男がやってきて、腰の剣をカミロに差し出す。

「こいつは直せるか?」

言われたカミロは俺のほうを振り返った。俺は立ち上がって差し出された剣を抜く。

綺麗だが辛うじて鞘《さや》に収まっている感じで、歪《ゆが》みも出ているし、刃こぼれもひどい。材質は……チートの感覚によれば鋼だ。なら余裕だな。

「直せますよ」

「どれくらいかかる?」

「一時間ほどですかね。剣身は研ぎますけど、いいですね?」

「ああ、もちろんだ」

「じゃあ、お預かりします」

「頼んだ」

男はひらりと身を翻すと、立ち去っていく。

「まさか、ちゃんと鍛冶屋の仕事をすることになるとはね」

「これで評判が上がったらこっちに引っ越すか？」

「馬鹿言うなよ」

俺とカミロは笑い合い、俺は剣を金床に置いた。さて、一仕事しますかね。

預かり物の剣の修理をする。歪みも刃こぼれも加熱まではいらなそうだ。

完全に鞘に収まらないほどの歪みだと一旦加熱して焼き入れやらをしないといけないところだったが、そこまでではない。

余程大事な剣でもない限りはそうなる前に買い換えるなりするだろうから、当たり前と言われたらそうなのだが。

剣身を鎚《つち》で叩《たた》いて歪みを取る。辺りに大きめの音が響くが、遠くでも何か物を作っているのだろう、結構大きな音がしているので俺も遠慮なく全力を出している。

このときに集中していて気がついたが、やはりこういう場所にはあまり魔力がないらしい。歪みは直せるが魔力が籠もっていかない。

もとの剣の性能を大幅に上回らせる気もないので、高級モデルを作る感覚で修理していけば並程度には直せるとは思うが。

剣身を叩き続けていると、やがて真《ま》っ直《す》ぐに戻すことができた。あとは研いで終《しま》いだな。

少しだけ集中して、刃こぼれがなくなる程度に研いでいく。やがて、新品と見間違えることは流石《さすが》にないものの、そこそこ使い込んだくらいまでに戻った剣がそこにあった。

「よし、こんなもんか」

「お、できたか」

「ああ」

俺は綺麗《きれい》に剣身を拭った剣をカミロに見せる。

「修理もお手のものか。流石だな」

「そりゃ直せなきゃ鍛冶屋とは言えないだろ？」

「それはそうか」

「そういや値段の話をしてなかったな」

俺はふと思い出した。パッと受けはしたものの、いくら貰《もら》うかは決めていない。そもそもあの男もいくらになるのかは聞かなかった。

「こういうのはだいたい相場が決まってるからな」

「そうなのか？」

「ああ。この町の規模だと銅貨五枚から銀貨一枚てとこだな」

最高値で銀貨一枚というとウチの商品だと通常モデルの卸値くらいか。

もちろん卸値なのでカミロが売るときはそれに経費と儲けが乗っかってくる。であれば新品を買うよりは安くつくから修理にというのはおかしい話でもない。

「じゃあ、これは？」

俺は今直したばかりの剣を指さした。

銅貨五枚だとほとんど俺の人件費だが、一時間で修理を回していけば場所代も稼げる。一人が食っていくにはなんとかなる値段だ。

「銀貨一枚だろ、そりゃ」

カミロはこともなげに言った。

「そうなのか」

「そりゃ新品同様とは言わないまでも、ほとんどそれに近いところまで直してるんだ。文句あるならここにある新しいのを一本渡して俺が引き取るよ」

当然だろう、と言わんばかりのカミロの口調に俺は一度頷くだけにしておいた。


そのあといくらもしないうちに、俺に修理を依頼した男が戻ってきた。

「どうだ？」

「ああ、終わってますよ」

俺は修理を終えた剣を鞘ごと渡す。男は剣を抜き放つと、修理の具合を見ている。

「どうです？」

男に声をかける。文句が言えない程度には直したが、こいつが厄介な〝お客様〟なら何らかのケチをつけてくる可能性はある。

俺は少し身構えた。しかし、その準備は無駄になった。男はあっさりと、

「良いじゃないか。銀貨一枚でいいか？」

と返してきたのだ。

「へい。大丈夫です」

俺は驚きを表に出さないように努めて冷静に返事した。男は懐から銀貨を一枚取り出し、俺に渡すと軽い足取りで立ち去っていった。


その後、俺は手持ち無沙汰になってしまう。魔力が籠《こ》められないとなると新しいものを作る意欲もあまり湧かない。

一応はうちから持ってきた板金がそれなりにあって、そっちには魔力が籠もっているのでそれを使えば多少は融通がきくのだが、あれはここぞというときに残しておかないと八方塞がりになりかねない。

ここの売り物も俺の製品だからそっちを流用する手もなくはないのだが、それも避けたいからな。かと言って性能的に頭打ちが分かっているものを量産するのもなぁ……といったあたりで結局のところ、俺ができることといったらさしあたっては修理くらいなものなのだった。

一方のカミロと言えば、売り上げもそれなりに立てており、情報収集も欠かしていない。商品をまとめて買っていこうとしている、おそらくは同じ行商人であろう男に、

「今度こっちで店を開こうと思っているんだが、いいところを知らないか？　あまり荷物の出入りがなくて広いところが良いんだが」

などと声をかけている。相手も根無し草の行商人なので、大抵は知らなかったが、時折どこそこの倉庫が空いてるらしいといったことを教えてくれる者もいた。

その何処かにヘレンが囚《とら》えられている可能性があるというわけだ。

そしてこのままこの日の営業を終える。さあ、今度は裏取りの時間だ。

その日の晩飯は宿でなく酒場でとる。情報収集とその裏取りのためだ。

情報収集をするためなら派手なほうがいいが、目立ちすぎると今度はその目的の裏を探られかねない。

一応カバーストーリーとしてこの町で商売を始めたいとはしているが、実際にはそうしないので、どうしてもどこかには綻びが出る。

だからそれがバレない間にカタをつけておさらばする。可能なら何かの混乱に乗じて逃げられるのがベストなのだが、そこまで狙う時間があるかどうかは微妙なところだな。

なので情報収集も「この町は商売するには良さそうだ」だとか「そのためには倉庫が必要だが新しく建てるのは無理だから借りなければ」とかそんなことを匂わせるだけだ。

それで集まる情報は大したものではない。だがそれを精査すればどれが必要な情報なのかは分かってくる。

そんな風に情報を集めながら飯を食って（酒はほどほどにした）、俺達は宿へ戻った。

「さて、今日集めた情報だが」

「どうだった？」

カミロの部屋に男三人で集まって話を始める。

俺はそっちには疎いから、基本的に精査するのはカミロとフランツさんの仕事になる。

「六つほど該当するところがありましたが、三つはシロですね。一つ確度が高そうなところはありましたが、決め手になるものはないですね。他の二つは疑いありではありますが、さっきの一つほど確度が高そうというわけでもありません」

フランツさんの報告を聞いて、俺は口を挟んだ。

「じゃあ、その一つを当たってみるのか？」

「それはちょっと時期尚早だな」

俺の言葉にカミロが返す。

「もう少し確認が取れないと、忍び込んでも普通の賊と変わらんことになりかねない」

「ふむ……」

それも確かにそうか。乗り込んでもヘレンがいなければ、普通に盗人《ぬすびと》でしかない。

それだけならいいが、わざわざ荷物の少ないところに忍び込んだ賊を、ヘレンを囚えている連中がどう思うか分かったものではない。

ここは慎重に行くべき、と言うカミロのほうが正しそうだ。

「分かった。なら俺はもう少しただの鍛冶屋をしておこう」

「頼んだぞ。まぁ、革命の準備次第ではそうも言ってられんがな」

「そうなのか？」

「もし始まったら、可能性の高そうなほうから押し入る。どうせ混乱してるんだ、誰が入ったかなんて分かりゃしないし、何よりなにが起こるか分かったもんじゃないからな」

「なるほどね」

「とりあえず明日は絞り込みつつ、確度の高いところへのアプローチを考えることになります」

フランツさんが話を引き取ってこの日は解散となった。

◇◇◇

翌日、この町に来て二日目も似たようなものである。昨日修理を依頼してきた男が宣伝でもしてくれたのか、剣の修理の持ち込みがちょいちょいあったくらいだ。

いずれも銀貨一枚での修理なのでそれなりの売り上げになっている。好評なのはありがたいのだが、今回の目的はこれじゃないので複雑な気分だ。

この日も酒場で夕食をとって宿屋で確認をする。

「やっぱり確度の高い一件がクサいですね。人の出入りも殆《ほとん》どないのはそこだけです。他二件は荷物の出入りはともかく人の出入りは割とありましたし」

「ふむ……」

フランツさんの報告にカミロが頭をひねる。いつ誰が（無論倉庫を契約した人ではあるのだが）来るか分からないようなところに秘密を隠しておけるはずもない。

しばらく考え込んだカミロが口を開いた。

「よし、それじゃあ明日は可能なら中の様子を探ろう。確定したらいよいよ救出開始だ」

いよいよか。そのときが来たら全力を出してやる。そう思いながら俺はヘレンの今しばらくの無事を祈るのだった。

◇◇◇

翌日、俺達は自由市での出店をやめて町へ出た。

カミロが言うには「二日商売して一日他のことをするのは別に怪しむようなことでもない」らしいので、その辺りは大丈夫だろう。

今日はいよいよ怪しい一箇所に探りを入れる日である。今の時間は朝を少し回ったくらいだ。

馬車も宿屋に預け、三人で街路を行く。初日に来たときにも思ったが、王国と変わらずここも様々な人種がいる。

獣人もいれば、マリートもドワーフもいる。エルフは生活に必須な魔力が足りないのでここでも見かけない。

王国の街と少し様相が違うのは巨人族が目立つところだろうか。

「〝向こう〟と違って巨人族が多いな」

俺はカミロに聞いてみた。

「ああ、巨人族は元々帝国に住んでた種族だからな。長距離を移動するには不都合も多いし、大半が帝国にいるのさ」

「なるほど」

巨人族のところに人間が来たのかそれともその逆かは分からないが、例の六百年前の大戦争のときに手を組んでからは仲良く（?）暮らしているということなのだろう。

よくよく屋台の様子を見れば、人間達の値段の他に巨人族向けの値段が書いてある。

体の大きさに見合って補給物資がより多く必要なのだとしたら、遠征には不向きというのは分からないではないな。

「彼らが〝あれ〟に参加する可能性は?」

「そりゃ大いにあるさ。彼らも帝国の一員だ。扱いは人間達とそう変わらないんだし」

「そうなったら大混乱だな」

「戦力としては大きいからなあ……」

巨人族の体に見合った大きさの武器なら、それが振るわれただけでも十分脅威であることは言うまでもない。

もし彼らが革命に参加すれば、ほとんど攻城兵器と変わらない脅威だろう。そのときの防御側の恐怖たるや察して余りある。

逆に言えばその場合の混乱も大きいだろうから、救助のときに発生していたら乗じれば脱出が楽そうだ。

「例の場所はこの先ですね」

フランツさんが足を止めた。町の少し外れだが、外周と言う程でもないような場所である。

「思ったより中心に近いな」

俺が言うとカミロが答える。

「そりゃ外周だと運んで行くのに目立つからな。そのうち移送したりするなら少しだけ外れの、さっと人混みに紛れられるような場所がいいんだよ」

「俺達にも都合はいいな」

「だな」

少し奥まっていて入り口はよく見えない。だがあまり覗《のぞ》き込《こ》んだりすると完全に怪しいし、顔を覚えられるのも不都合がある。

俺達は裏手に当たるところに向かって歩いていった。

目的の場所の真裏には別の倉庫が建っている。間は空いているようだが、直接目的の場所の裏には侵入できそうにない。

道の両端には石造りの倉庫が立ち並んでいて、あたかももう一つの防壁をなしているかのようだ。

俺達の他にも数人が道を行き交っているので、俺達はそれに紛れて前を通り過ぎた。

「中が見えないのは当たり前としても厳しいな」

かなり行き過ぎてから、カミロがそうこぼす。

「倉庫だからなぁ。どこかから様子だけでも窺《うかが》えればいいんだが。下水とかはないのか？」

「あるにはあるんですが、倉庫の下を通す理由がないですからねえ……」

俺の疑問にはフランツさんが答えた。となると、もし居たとして下水道から逃げる手段は使えないということになる。

人を囚えておくのに逃走経路を用意する必要もないしな。

「どうしたものかな」

カミロが歩きながら考え込む。

「一つ俺に考えがある」

その様子を見て、俺はカミロに声をかけた。

「隣の倉庫から忍びこむのはどうだ」

「どうやって？」

「こいつでさ」

俺は懐のナイフをカミロに見せた。

「んん？」

「隣の倉庫から倉庫の壁をこいつで切り抜いて、そこから侵入する」

　壁の厚さにもよるとは思うが、十センチほどの刃渡りであれば余程の厚さの壁でもなければ切り抜けはすると思う。

「なるほどな……」

「問題は勿論《もちろん》、元には戻せないことだ」

「そうなると逃げるときにちょっと厄介だな」

　ヘレンがいなくなったことはすぐにでも気がつくだろう。そこに穴が空いていたらどこから逃げたかは一目瞭然だ。

　音が全くしないわけでもないから、ある程度はバレることを想定する必要もある。

　そのときに誰が周囲の倉庫を借りたのかはちょっと調べればすぐ分かる話だ。

　カミロが考え込んだあと口を開く。

「混乱時には正面から押し通るとして、他所《よそ》から忍び込むのは何かで時間が稼げそうでなければ厳しいかも知れない」

「かと言って他に方法もないですしね」

　それにはフランツさんが答える。

　俺はカミロに聞いた。

「ヘレンが囚《とら》われているのが秘密ってとこは、俺達にとって有利か」

「そうだな。連れ出してしまえばそれでカタがつく可能性もある。あんまりおおっぴらに人を出せないのは、こういう場合には不利だ。ただ……」

「ただ？」

「少数精鋭で来られる可能性も高いってことだ」

「そうなると面倒だな」

「ああ。でもそのためのお前だろ？」

「それはまぁそうだが」

カミロの言葉に俺は肩をすくめた。

「で、いつやるんだ？」

「例のあれを待ちたいところだが、あまり時間が遅いと移送なりされかねない。遅くとも明後日《あさって》までだな」

「そこまでは？」

「俺達はいつもどおりに過ごす……フリをしつつ、あの倉庫の様子見だ。そこはフランツに任せるが」

カミロの言葉にフランツが力強く頷《うなず》いた。動きがあればフランツさんがすっ飛んで来ることになっている。

そのときに請けている修理やらをどうするかは、その場で考えるしかないな。

仮の仕事とはいえ、あまり適当で切り上げたくもないができない場合は仕方がない。そこまでで切り上げてお代は不要ということも考えなくてはいけないな。

その後は三人で市場を回って仕入れをすることになった。色んな店を回って、いつも行く街では見ないようなものを買っていく。

カモフラージュということもあるが、帝国内で身動きがしにくくなる可能性は結構あるし、今のうちに帝国でないと値が高いものなんかを仕入れておこうという腹だ。ちゃっかりしてるな。

「ああ、そうだ」

カミロが思い出したかのように俺に声をかけてくる。

「こいつを今のうちに渡しておこう」

懐から取り出したのは一枚の木札だ。俺は受け取ってその表面を眺めた。

「通行証？」

木札には通行証の文字と、ジミーなる人物が王国出身で戻る権利があることが書かれている。

「しかし……」

「ああ。万が一の場合はそいつでお前だけでも逃げろ。いいな」

俺はここにヘレンを奪い返しに来たのだ。それに帰るときはカミロとフランツさんも合わせて四人一緒だと思っていた。

最悪の場合もあるのだろうが、それでもなんとかこのメンツで帰還を果たしたい。俺はそう言おうとした。

「いいな？」

しかし、珍しく有無を言わせないカミロの気迫に、俺は素直に頷くしかなかった。

◇◇◇

翌日、仮の荷物置き場という名目で目標の裏側にある倉庫を一週間借りることにした。

手続きはフランツさんが行う。勿論偽名だ。

フランツさんはそのまま倉庫で作業をするという体で目標を見張る。

俺達は一昨日までの通り、自由市で出店している。営業も通常のままだ。

先だっての二日間でそこそこの評価を得たのか、修理の持ち込みがそれなりにある。

「昨日は居なかったから、どうしようかと思ったよ。今日は居てくれて良かった」

そんなことを言ってくれるお客さんもいる。鍛冶屋としては嬉《うれ》しいが、今とその後の状況を考えると複雑ではある。

カミロもなかなかの売れ行きのようだが、少し浮かない顔なのは俺と同じ心境なのだろうか。

「それにしても修理が多いな」

俺は預かった剣を金床に置いて叩《たた》きながらカミロに声をかける。

「そうだな。これだけ修理された剣が必要ってことは、もしかすると……」

カミロは返事を途中で濁す。武器が大量に必要で、あんまりおおっぴらに話せないことと言ったら、一つしか思いあたることはない。

「あれか」

「ああ」

革命の決行が近いと考えれば武器が大量に必要なのも納得はできる。

この町は商業都市ではあるが、逆に言えばカネや物が大量に集積されているところでもある。

そこを押さえれば補給が有利になるだろうし、逆に言えば帝国側の補給を厳しくしやすいということでもある。

帝国の補給を止めるだけなら、何も完全に制圧する必要もない。混乱を起こして機能不全に陥らせればいいのだ。

ただし、そうは言ってもなかなか広い町だから、一定の人数はいるだろう。

修理を依頼してくる人間に共通点はないようだが、それも色んな立場の人間を必要としていると考えると納得ができる。

色んな立場の人間が一斉に必要になるということは、今の状態の俺では原因は一つしか考えられない。

「ちょっと気をつけたほうが良さそうだな」

「そうだな」

そう言葉を交わし、俺とカミロは自分の仕事に戻った。

結局営業時間中にフランツさんが駆け込んでくるようなことはなかった。

その日の夜、翌日の夜には押し入ってでも決行するという話を三人でして俺は自分の部屋に戻った。

そうして眠りこけていると、部屋の扉がドンドンドン！　と強く叩かれ、俺は飛び起きる。

「誰だ！」

「俺だよ！」

誰何《すいか》の声に答えたのはカミロだ。俺は慌てて扉を開ける。

「どうした？」

「聞こえないか？　始まったんだよ！」

寝ぼけていたのと動転していて気がつかなかったが、耳を澄ませればカンカンと鐘の音が鳴り響いている。

そうか、始まったのか。俺は急いで外に出る準備を済ませ、三人で宿の外へと飛び出した。

外に出てみると、辺り一面が騒々しくなっている。

夜だが当然街灯なんてものはなく、あちこちを人魂《ひとだま》のように松明《たいまつ》が行き来しているのが見えるだけだ。その周囲だけが明るい。

俺はカミロに声をかけた。

「どうする？」

「正面から押し込むが、そこまで行けるかだな」

カミロが答える。あちこちに革命軍（？）がいてそこそこの明るさがあるし、月も出ているのでなんとか見えなくもない。

しかし、昼間行ったようにスムーズにとはいかないだろう。一刻を争うときにそれはいかにも痛いようには思う。

「売り物の松明を持って、火をつけずに行けるところまで行こう。途中で革命の連中と出くわしたら、連中に加わるふりをして火を貰《もら》おう」

カミロがそう提案し、俺とフランツさんは頷いた。フランツさんは暗闇の中を素早く走っていく。真っ暗に近いのに随分と身のこなしが素早い。

「なあ、フランツさんって普通の御者さんじゃないだろ？」

フランツさんが見えなくなって、俺はカミロに聞いてみた。

ただの御者にしては色々とできることが多すぎる。色々できる鍛冶屋が言うことではないかも知れないが。

「ああ……。まぁ、そういうことだ」

カミロは詳細は濁したが、いずれにしても本職が御者でないことは違いない。

色々できる鍛冶屋と色々できる御者、そしてあちこちに繋《つな》がりのある行商人。

素性を知ればこれほど怪しい三人もなかなかいない。今この町の衛兵達はそれどころではないだろうが。

フランツさんが戻ってきた。手には三本の松明を持っている。あの暗闇の中的確に物を探して持ってくるのは並大抵の腕前ではなさそうだ。

「よし、急ごう」

誰にともなくそう口にして、可能な限りの速度で宿屋から駆け出した。

先導はフランツさんが行う。全く迷いのない歩みについていくだけで精一杯だ。

やはり昼間に走るような速度は出せない。せいぜいが早歩きくらいまでだ。一刻も早く灯《あか》りを貫いたい。

「あと半分くらいです！」

フランツさんがそう言ったとき、通りの角に灯りが差した。革命軍ならいいが、衛兵だと少し厄介ではある。

俺が腰に提げておいたショートソードを抜くと、フランツさんは少し離れたところに位置する。

はたして、角から出てきたのは革鎧《よろい》を着て、抜き身のロングソードを携えた二人の男であった。

革鎧に紋章はない。衛兵なら前の世界の警官のバッジのように、自分を雇っている家なりこの町なりの紋章が入っている。

それがないということは……。

「革命の同志か」

カミロが男達に声をかける。その言葉で仲間であることはアピールしたが、男達はまだ警戒を解かない。

「大丈夫だ、俺達はさっき加わって、倉庫街のほうに行く。済まないがその火を分けてくれ」

カミロが男達の持っている松明を指さす。俺も敵対の意思がないことをアピールするためにショートソードを鞘《さや》に収める。

すると、男達は松明を傾けてこちらに向けてくれた。フランツさんがそこに松明を近づけて火を移す。

男達はまだ警戒をしながらもそこを去っていった。革命軍だったのか火事場泥棒だったのかは分からない。

だが今はどうでもいいことだ。これで移動速度が上がる、それだけが重要だ。

灯りを得た俺達の移動速度は先程までの早足くらいから、駆け足くらいになった。

この速度の差のおかげか、昼間に行ったよりもやや遅いくらいの時間で倉庫にたどり着いた。

倉庫の周りでは男達が慌ただしく動いている。もうヘレンは移送されてしまっただろうか。

それらを確認するためにも、俺は倉庫に踏み込まねばならない。

「押し通る！」

松明が近づいて警戒する男達に、俺は大声で叫んだ。

叫んだあと、俺は松明をすばやく持ち替えて鞘から剣を抜き放つ。それを見て逃げ出すやつもいるが、何割かは立ち向かってきた。

俺は上段に振りかぶった剣を振り下ろす……と見せかけて松明を放り投げた。火のついた松明が飛んでくるのだ、当然のごとく一瞬怯《ひる》む。

俺はそこを見逃さずに斬りかかる。元々腕前の差は相当あるようだったが、スキを作ったことで幾人かを容易に斬り伏せることができた。

生き残りも手に持った武器で襲いかかっては来るが、俺はその全てを剣で払い、斬り捨てる。

五人ほど倒したところでフランツさんが「あとは私に任せてください」と加勢してくれたので、投げつけた松明を拾いつつ、扉の開いた部分をめがけて走り込む。

周りの混乱とすぐ前の戦闘の音で内部の人間は出払ったらしく、中はひっそりと静まり返っていた。

戦闘のチートの感覚でも、俺に敵意を持つやつは誰も居なそうではあるのだが、もし誰かが潜んでいたらマズい。

もどかしい気持ちもあるが、そろりそろりと奥へ歩みを進める。

本来は引火の危険を考えれば、松明などは持ち込めない場所である。炎が荷物に移ってしまわないようにするのにも苦労した。

倉庫の一番奥にたどり着いたが、人らしき姿は見えない。だが、誰かがいる気配はする。

俺は松明を振りかざして辺りを窺《うかが》った。辺りには荷物が入っているであろう箱が堆《うずたか》く積み重ねられている。

注意深く見てみると、その一角に隙間があるのが分かる。ちょうど人が通れるくらいだろうか。

火が移らないよう、松明を下げてその隙間を通る。熱をモロに感じるが、そんなことは気にしていられない。

隙間を抜けると、そこはちょっとした空間になっていた。屎尿《しにょう》の臭いはしないが、人の体臭のようなものは少しある。気配もそこにあるので、誰かがいることは間違いない。

上には荷物がないので、松明をかざして様子を窺うと、身じろぎする人影が見えた。俺は慌ててそこに駆け寄る。

倒れ伏しているが、少し伸びた赤毛の髪に見覚えがある。腕は後ろ手に手枷《てかせ》が、脚には足枷がつけられていて、逃げられなくなっているようだ。

身じろぎしたから生きてはいるのだろうが、積極的に何かをするような気持ちではなさそうに見える。

「ヘレン」

俺は倒れている人影に声をかけた。人影はビクリとすると、ゆっくりと顔をこちらに向ける。

「エイゾウ……?」

刀傷のある顔はすっかりやつれているが、それでもまだ愛嬌《あいきょう》は残っていた。俺の知っている顔だ。

「ああ。俺だ。助けに来た。待ってろ、今、枷を壊してやるからな」

「エイゾウ!」

ヘレンは体を起こそうとする。しかし、いつもの力強さがなく、起こせないようだ。いつから囚《とら》われていたんだろう。囚えた連中に怒りが湧くが、まずはここから連れ出さないと。

松明を床に置き、ヘレンに近づく。ゆっくりと屈《かが》み込《こ》んで、枷を見る。流石《さすが》に枷そのものは壊せそうにないが、ついている鍵は簡単なものなので、俺のナイフでも壊せそうである。

「じっとしてるんだぞ」

再びヘレンに声をかけて、鍵にナイフを当てて力を込める。流石にスパッと切れるとまではいかなかったが、細い部分を切ることができた。

枷は両手両足についている。俺は計四つの鍵を同じように壊していく。

なんとか全ての鍵を壊すと、ヘレンの両手両足は自由になった。

すると、ヘレンはがっしりと俺の体を掴《つか》んで離さない。

「お、おいヘレン」

「エイゾウ、エイゾウ……」

声をかけるが、ヘレンはぎゅうっと腕を掴んでくる。

ヘレンのここまでを考えると、俺はそれを無下に振り払うこともできずにいた。

「もう大丈夫だ。安心しろ」

俺は落ち着かせるためにヘレンに話しかけ、そっと握った腕を外す。

ナイフをしまおうと見てみると、少し刃こぼれができている。ナイフで同じ鉄を切っても刃こぼれ程度で済むってことか……。我がことながら少しそら恐ろしいものがある。

しかし、逆に考えれば細い鉄を四本切って刃こぼれが起きるということは、例えば俺の特注モデルを隠し持っていてもおそらく鉄格子を切って抜け出すなどということは難しいだろう。

ヘレンに打ってやったショートソードだとどうかは分からんが。

そのショートソードも当たり前だが見当たらない。

外ではフランツさんとカミロが俺達の脱出を待っているし、探している時間はないな。あれが、おそらくは帝国の手の者に流出するのは少し痛いが仕方ない。

鍵の外れた足枷をヘレンから外し、松明を拾って俺はヘレンを肩で支えた。ヘレンは大人しく腕を俺の首に回してしがみついている。

「どうしても持っていかないといけないものはあるか？」

ヘレンに聞いてみると、か細い声で、

「剣……」

と答える。

「あれはまた打ってやるから今は諦めろ」

俺がそう言うと、ヘレンはコクリと頷《うなず》く。そのままゆっくりと俺とヘレンは倉庫の外へと歩んでいった。

倉庫の入り口を入ったあたりに松明を持った人影が見える。カミロとフランツさんだ。

「二人とも無事か？」

俺が声をかけると、二人は頷いた。

「そっちも上手《うま》くいったようだな」

「ああ。ここじゃなかったらどうしようかと思ったが、予想が当たっていて良かったよ」

「よし、それじゃ行くか」

俺は松明を床に捨てると、ヘレンをいわゆるお姫様抱っこの方法で抱きかかえた。流石にファイヤーマンズキャリーはできないが、肩で支える方法だと時間がかかりすぎる。

抗議してくるかと思ったが、意外にも俺にしがみついて大人しくしている。

「姫様を救った騎士様ってところだな」

カミロが軽口を叩《たた》く。

「騎士になるなら無事に連れて帰らなきゃいけないいな」

俺も軽口で返した。緊張しっぱなしだった場が少しだけ弛緩《しかん》する。

だが、次の瞬間にはみんな気を引き締めて、外の闇へと走り出した。


ここに来たときは比較的平穏だったこの辺りも騒々しさを増していて、怒号や悲鳴が聞こえてくる。人影もかなり増えていた。

見れば遠くのほうでは火の手も上がっていて、かなりド派手にやっているようだ。

「どけどけ！」

俺達はその中を走り抜けていく。ヘレンを抱きかかえて走っているのが功を奏しているのか、俺達に絡んで来る輩《やから》はいない。

おそらくは怪我《けが》人を運搬していると思われているのだろう。あまり外れてもいないが。

ヘレンは俺よりも体が大きい。その分、体重もしっかりあるのだが、チートの恩恵で筋力が増している俺にはめちゃくちゃ重く感じるというわけでもない。

走っている間、俺はヘレンの様子を窺ったりしたが、ずっと俯《うつむ》いたまま大人しくしている。

流石に囚われていた間のことが堪《こた》えているのだろう。俺はそう思いながら一刻も早くこの町を抜け出すために、速度を落とさないように必死に走り続けた。

大通りに近づくと、そこは大混乱だった。

何人かの人が松明《たいまつ》を手に持ち、その明かりを頼りに一緒に移動してこの町を抜け出そうとしている流れと、それとは別にこの町を掌握すべく動き回る流れ、そしてそれに対抗しようとする流れが入り混じっている。

ここでもカミロが「怪我人だ！　どけどけ！」と大声を上げると、この混乱でも多少の理性は残っているようで、幾分通りやすくなった。

人々の理性が空けてくれた僅かな間隙を縫って、俺達は街路を走り抜ける。

おそらくこの町の掌握は上手くいくだろう。初手で失敗するような計画はしていないだろう……と思いたい。

であれば、落ち着いてしまう前に、この混乱に紛れて抜け出すのが一番だ。

あと数時間は混乱が続くだろうが、それが過ぎ去ってしまえばこの町から出るのは難しくなる。

「俺達の宿屋が燃えてないと良いが」

火の手がいくつか上がっているのを見て、走りながらも俺は二人に話しかける。

「多分大丈夫だろ」

「ええ。この町を掌握して、町の人達の住居を差し押さえて駐留するのは体面的にも良くないですからね。一時的な駐留なら兵舎か宿屋になるはずです」

二人は答える。

「なるほど。使うはずのものを焼いてしまっては意味がない、ってことか」

「そうなります」

フランツさんが引き取った。この町を掌握することにも大きな意味はあるが、それだけでは革命は終わらない。

少なくとも皇帝を玉座から引きずり下ろすまでは続くのだ。それが三日で終わるのか一年かかるのかはともかく、そこまではこの町を保持し続けないといけない。

場合によっては籠城戦に近いことにもなるだろう。

だとしたらあれは帝国貴族の館なのか。一棟か二棟くらいは見せしめも含めて焼いて自分達の大義を示すとか？

貴族の館が広いと言っても一棟二棟に収容できる人数は知れているだろうし、比較的小さめのところなら大勢に影響はないと判断するなら分からないことでもない。

大混乱を逆流するようにして、俺達はなんとか宿屋にたどり着いた。宿屋は無事そこに建っていて、こういうときにありがちな略奪もまだ始まってはいない。

馬車を置いているところに向かうと、来るときに見かけたデカい見張り番の人がデカい棍棒《こんぼう》を手に律儀に立っていた。

「すまんがもう出るぞ！」

カミロがそう大声で言うと、見張り番の人も、

「分かってまさぁ！　もう何人もお発《た》ちになってやす！」

と負けず劣らずの大声で返してきた。

普通の馬車なら置いてサッサと流れに乗って町を出る選択肢もあったが、カミロの馬車は〝特別製〟だからな。

ここに置いておくと後々の商売にも影響しかねない。

来たときよりもかなり馬車の数が減っている中、俺達の馬車を見つけてまず荷台にヘレンを乗せる。

荷台におろそうとしたとき、一瞬キュッと腕を掴んできたがすぐにその力は緩んだ。

その間にフランツさんが馬を連れてきて繋《つな》ぐと、俺とカミロも荷台に乗り込む。

俺はヘレンを抱えて荷台の奥の目立たないところに横たえて毛布を被《かぶ》せてやった。

心細そうにしているヘレンの手をそっと握ってやると、ギュッと力強い手応えが返ってくる。それを感じながら馬車が進み出した。

まだまだ街路では混乱が続いているが、俺達以外にも馬車が常歩くらいの速度で進んでいて、俺達はその後ろにつく。

俺とカミロは周囲を警戒する。ほとんど片付けたが、顔は普通に見られているので追っ手がかかっていた場合のケアだ。

この混乱ではろくなことはできないだろうが、それでも用心に越したことはない。

警戒をしながら、徒歩で町を出ようとしている人達の姿を見ると、全員が旅装している。

つまり町の住民はほぼ家に籠もっていて、これだけの避難民はほぼ行商や旅行をしている流れ者というわけだ。

一応、子連れなどが居たら乗せてやろうかとも思っていたが、水を吐き出す水道口のように人を吐き出し続けている（つまりはもう門番が仕事をできていない）門から俺達が出るまで、見かけることはなかった。

# 8章　帝国脱出

夜間に町から逃げ出したのは俺達だけではない。他にも大勢が出ていっている。出たあとは基本的に街道に沿って移動しているが、道幅がそんなにあるわけではない。片側を徒歩の人達が、反対側を馬車が早足で町から遠ざかる。

どちらも松明を灯《とも》していて、それが連なって光の道を作っている。前の世界の高速道路のようでもある。ゆらゆらと揺らめいているのが、不気味というよりも綺麗だなと思わせる。

俺達の馬車も隊列に紛れて光の街道を早足で進む。

揺れが周りの馬車より少しだけ少ないが、そこまでの速度が出ているわけでもないので目立っている様子はない。

もっとも、そんな細かいことを気にしている余裕のあるやつが、この街道上にいるのかはかなり怪しいが。

ヘレンはずっと俺の手を握ったまま黙りこくっている。カミロが馬車に積んでいたカツラを取り出して俺に手渡した。

「ヘレン」

「ん？　なんだ、エイゾウ」

俺が声をかけると、少しやつれた顔をこちらに向けて返事をした。助けた直後よりは幾分顔色がマシになっている。

「こいつを頭に被せるぞ。あの様子だと知らせようにも時間がかかるだろうが、何事も用心だ」

「うん。ありがとう」

ヘレンがか細い声で答える。俺はそっとヘレンから手を離して、カツラをヘレンに被せた。少し長めのブロンドだ。

ヘレンの髪は短いから、もとの髪を押さえなくても綺麗《きれい》に被せることができた。ちょいちょいと毛先を触って、顔の傷が隠れるようにする。顔の傷を気にして伸ばしていることにするのだ。

「これでよし。くすぐったいだろうが、我慢してくれな」

「うん」

ヘレンは素直に頷いた。辺りはまだ暗いので早々にバレるとも思えないが、明るくなる前に被っておけば、明るくなって顔を出したときに問題が起きない。

片方の手で俺の手を掴み、もう片方で毛先をいじるヘレンと俺達を乗せて、馬車は街道をひた走っていった。


やがて街道から徒歩の人々がいなくなった頃、空が白みを帯びてくる。結構な距離を進んだので、徒歩では馬車に追いつけていないのだ。

あの人達もそれぞれ無事に逃げられていると良いんだが。

フランツさんの言葉に俺達は頷《うなず》いて、フランツさんは馬車を停《と》めた。

「じゃあここらで休みましょう。馬にも良くないですし」

カミロがそう言うと、フランツさんが馬車の速度を落とす。

「一日ここまでくれば、そうそう追いかけても来ないだろ」


徐々に空が明るさを取り戻してきているが、男衆で野営の準備をする。しっかり寝るのは難しくても、少しでも体を休める必要はあるからな。

もちろんヘレンには通しで休んでもらうことにする。毛布を敷く用と被る用の二枚使って、地面に横になってもらった。

「腹ごしらえの準備もしなくちゃだな」

焚《た》き火《び》に木で組んだトライポッドを設置して、鍋を吊《つる》して湯を沸かし、適当に切った干し肉と豆を煮込む。

いつ逃げるか分からなかったのもあって、馬車に水は常に積んでおいたのが功を奏したな。まだまだ潤沢にある。

明るくなってくると炎自体は目立たないが、より高く昇る煙が目立つようになるので、あまり良くはない。

しかし、煮込んで柔らかくしないとヘレンの体が受け付けるか怪しいからな。

鍋の様子を見るついでに最初の見張りは俺が引き受けることにした。カミロとフランツさんも毛布を引っ被ってゴロリと横になる。やがてスヤスヤと寝息が聞こえてきた。

明るいと遠くまで見通せるので獣の襲撃などには遭いにくいが、追っ手からもこっちを見やすいということでもある。

馬車の荷台に立って見回した感じでは他に休憩している馬車はない。片っ端から当たるならここにも来る可能性はあるので用心はしておくべきか。

荷台から降りて焚き火にかけた鍋の様子を見ながら、ヘレンを見ると穏やかな顔で寝入っていた。このところは満足に寝ることもできなかったに違いない。

これから先もしばらくどうなるかは分からない。今のうちにしっかり休んでくれよ、と思いながら、俺は鍋の中身をぐるりとかき混ぜた。


一時間ほどうつらうつらもしながら、時折鍋をかき回したり水を足したりしつつ、周囲に目を配る。

朝日が昇る中、街道は急ぎ足の馬車が町から離れるほうだけに向かっている。町に向かう馬車は途中行き違う馬車から情報を仕入れたのだろうか、一台も見ない。

逃げられる人々は一刻も早く帝国から脱出しようとするだろう。俺が男の子と間違ってしまったあの少女はどうしているだろうか。彼女達があの町から逃げる意味はあまりないかも知れないが、戦闘に巻き込まれたりだけはしていて欲しくないな。

煮込んでいた肉と豆が柔らかくなってきたので、三人を起こして朝飯にする。

「飯はちゃんと貰《もら》ってたのか？」

「一応。ほとんど麦粥《むぎがゆ》みたいなのだけだったけど」

俺がヘレンに聞いてみると、そんな答えが返ってきた。なので、ヘレンだけは一応肉の量を少なめ、豆を多めによそった。柔らかいから胃が受け付けないということはないと思うが、びっくりさせるのも良くなさそうだし。

味つけは干し肉の塩と出汁《だし》のみ、具も肉と豆なので（動物性と植物性の違いはあるにせよ）タンパク質オンリーの「栄養価？　なにそれ？」というメニューではあるが、何かを腹に入れているのとそうでないのとでは気持ちもだいぶ違ってくるからな。

俺も含めてみんな黙々と腹におさめていく。

様子を窺《うかが》ってみるとあの町から出て時間も経《た》っているし、かなり元気を取り戻してきたようではあるが、ヘレンから事情を聞くのはまだ早いように思われた。せめて帝国を出てからのほうが良さそうだ。

腹もくちくなったし、日もすっかり昇ってきているので、鍋は片付けて火も落としてしまう。俺はフランツさんと見張りを交代して、カミロやヘレンと一緒に横になった。

◇　◇　◇

どれくらい寝ていただろうか、俺はふと目を覚ました。日の傾き加減で言えばまだ昼にはなっていなそうだが、それなりには時間が経っているようだ。

「お、起きたか」

「おう」

カミロが声をかけてきたので俺はそれに応える。ということは、少なくともフランツさんとカミロが見張りを交代するくらいの時間は経ったということか。

俺はうーんと伸びをした。被っていた毛布を馬車に放り込む。

「そろそろ出発するか。途中の町にはどのみち立ち寄れないだろうから、帝国を出るまでは野営になるし、途中も小休憩だけになるが」

「最悪、街道から外れることも考える必要があるな。カミロはこの周辺の地理には詳しいのか?」

「街道の近くならなんとかかな。地図も持ってはいる」

「それならどうにかなるか」

地図があるのか。とは言っても国土地理院発行、みたいな精細なものではないだろう。この世界だとそんなものは完全に軍事機密だ。

それでも今大体どのあたりにいて、どっちの方角に行けばいいのかおおよそでも分かればいい。目的は帝国から出ることだからな。

カミロはフランツさんを、俺はヘレンを起こして馬車に乗せる。俺とカミロで辺りを片付けて馬車に乗り込んだ。

日も昇ってきて、街道には徒歩の避難民も増えてきた。その中を俺達の馬車は比較的ゆっくりと街から離れる方向に進んでいく。

岩山が遠くに見える、荒涼とした平原に引かれたクレヨンの線のような街道を馬車が行く。遠くには少しだけ雲が見えるが、今日もまだ天気は悪くない。

街道はまだ避難民で埋め尽くされるという程ではないが、徒歩で避難する人々の数が目立つようになってきた。

ヘレンはというと、何も言わずにぼうっと道行く人々を眺めていて、その片手は俺の服の裾を掴《つか》んだままである。

いくらか落ち着いてきて顔色も良くなったとはいえ、まだ救出されてから一日も経っていない。ヘレンに前もって救出を知らせることができたわけでもないから、感情が事態の急変に追いついていないいんだろうと思うのでそのままにしてある。

「この先にもう一つ町があるんだったか」

今のこの状況では追っ手もそうそう派手なことはできないと思うが、周囲に目をやりながら俺はカミロに話しかける。

「そうだな。来るときに通り過ぎた町だ」

「そっちからの馬車が見当たらないってことは……」

「俺達が出てきたほうは帝国の都に向かうほうになるからな。当然その逆に向かうってわけだ」

「元々する予定もないけど、その町での補給は無理か」

「だな。そもそも入れなそうだ。街道から少し離れてはいるから、混雑も多少はマシだと思いたいがな」

「避難する人でごった返していると厄介だな」

身動きがとれない間に追っ手に接近されたりすると面倒だ。街周辺の状況次第では道を外れることも考えたほうが良いか。

カミロにその辺りを聞いてみると「そうしたほうが良いだろうな」という答えが返ってきた。やっぱりそうか。


太陽が中天を過ぎた頃、遠くの街道で人がごった返しているのが見え始めた。丁字路の交差点のあたりに人が溜《た》まっていて、時間が時間なのもあってか休憩している人々も見受けられる。

「どうする？」

「迂回《うかい》しよう。ここで止まるのはあまり良くない」

俺が尋ねるとカミロはフランツさんに大きく回り込むよう声をかけた。

整備された道から外れると揺れはひどくなる。だが、簡易とはいえサスペンションのおかげだろう、思ったよりはゴツゴツとした揺れはない。

「揺れ方で目立つかな」

「多少はな。でもこの程度なら違和感程度で、ちゃんとした仕組みに気がつくやつはいないだろ。なるべく目撃されないようにはしたいが仕方ない」

カミロはそう言う。サスペンションは隠されているし、余程近づいて覗《のぞ》き込《こ》みでもしない限りはバレないとは思うが、揺れ方で目立ちすぎると追っ手にすれば特定が楽になる。

しかしここで時間を取られるわけにもいかない。あの町の蜂起が最終的に成功したのかどうかは分からないのだ。

出るときの町の様子だと成功したとは思うが、鎮圧されていたら早晩へレンが脱出したことには気がつくだろう。そのとき、混乱は逆に追手側にも利点を与えてしまう。

馬を飛ばしていてもこの状況では誰も不審には思わないだろうしな。

そうして街道と町を繋《つな》ぐ道の交差点を大きく迂回した。警戒はしたがこちらに注目している人はほとんどいない。ほぼ全員が自分のことでいっぱいのようだ。

こちらに目を向ける人々もほとんどは単に馬車が通っているから目を向けたという感じで、鋭い視線や警戒しているような様子は窺えない。

とはいえ俺もプロの衛兵などではないので、それが正しいかは分からない。この分野でチートを貰っているかも不明だしな……。

ひとまずその場をやり過ごせたことにホッとしながら、馬車は更に王国へと向かっていく。今日を越えたら、いよいよ関所が待っている。

ごった返す街道を避けてしばらく進むと、やがて人も馬車も減ってきた。

ほぼすべての人が帝国から抜け出す方向に向かっている。極稀《まれ》に逆方向へと――つまり帝国中央へと――向かう人や馬車も見かけるようになった。

家族や大事な人をそちらに残してきたのだろうか。俺には理由を知る由もないが、無事に目的を遂げて欲しいものである。

他人のことはともかく、俺達もまだ目的を完遂していない。

フランツさんが交通量の減った街道に馬車を戻して、速度を上げた。これで今日行けるところまで行って野営をしたら、文字通り最後の関門が待っている。


日が沈みかけてきたところで、再び街道から外れて野営の準備をする。ヘレンはもうかなり調子を取り戻してきていて、野営の準備もスイスイと手伝うまでになった。

昨日の今日でこれなら大丈夫そうだが、何がきっかけで急に調子を悪くするかは分からない。本人の希望には任せるが様子は窺っておこう。

夕食は積み荷の材料を適当に放り込んでのスープと堅パンである。

行商人らしくいくらか香辛料も積んでいたので、カミロに断って使わせてもらう。問題があれば今度の支払いのときにその分差し引いてくれ、とも言っておいた。カミロはゆっくりと首を横に振っていたが。

「誰も取らないんだから、ゆっくり食えよ」

がっつくように食べ始めたヘレンに、俺は苦笑しつつ声をかける。

「しっかりと、でも素早く食べるのが戦場の常だろ?」

ヘレンはうちに居たときのような、朗らかな声で答えた。調子が戻ってきていることにグッと来たが堪《こら》えて言う。

「いや、ここは戦場じゃ……あるか」

まだ乗り越えるべきものがあるし、追っ手が俺達に向かっていないとも限らないのだ。そういう意味では気を抜いていい状態でもない。

王国に戻っても、家に帰るまでは安心できないだろうし。俺もヘレンに倣って少し急ぎ目に夕食を口に運ぶ。

「明日の関所通過は俺達とお前達はバラバラに行くぞ」

みんなの腹が満たされてきたところで、カミロが俺に言ってきた。

「ん？　なんでだ？」

「こういう状況だと余計な人間が乗っているより、バラバラでそれぞれが身分証明したほうが早いからだよ」

「避難民の疑いをもたれるからか」

「そうだ」

どのみち俺の身分証は偽造のようなもんではあるが、この混乱で用意できるものではないから、怪しさは幾分少ないに違いない。

それでも用意できそうな人間の馬車に乗っていて出してきた、よりは徒歩で来て自分で出したほうが更に安全だ、ということだろう。

「分かったよ。ヘレンもいいな？」

「うん」

腹がくちくなったら今度は眠気が来たらしい。ややぼやっとした感じでヘレンが答えた。

「今日はヘレンはずっと寝てな。見張りは俺達がするから」

「分かった」

ヘレンを寝かしつけると、俺達は三人で見張りの分担を決めて、見張り以外は引《ひ》っ被《かぶ》った毛布で眠りについた。

◇◇◇

その夜は特に何事も起きなかった。俺が見張っている間に、時折街道のほうを松明《たいまつ》が進んでいくのが見えたが、こちらに近づいてくる人影などは一つもなかった。こっちに構っている暇のある人は普通はいないということか。

みんな起き出して馬車に乗り込み出発する。移動速度の差もあるのだろう、街道の人通りは昨日よりも更にまばらになっている。

そこを俺達の馬車が進んでいく。歩いている人を見ると一様に疲れた顔をしている。歩き通しだった人もいるのだろう。

乗せてやりたいところではあるが、全員は乗せられないし、こちらも急ぎなのだ。すまないな、と心の中でだけ謝って、彼らの道中の加護を懐の女神像に祈っておく。

人通りがまばらなので馬車はやや速度を上げ、昼前頃には関所の近くまでたどり着いた、とフランツさんが声を上げた。見てみようとしたが、まだ目には入ってこない。

「そろそろ降りたほうがいいな」

カミロが言って、俺は自分の荷物を、ヘレンは持ち出せたものがないので適当に食べ物なんかを詰めた背嚢《はいのう》を背負って馬車を降りる。

「じゃあ、また後でな」

「ああ」

俺達はカミロに手を振って別れた。


「それじゃ、行くか」

「うん」

ヘレンに声をかけると、少し後ろをついてくる。

「大丈夫か？」

「大丈夫だよ。もう平気」

それなりの期間、幽閉されていたのだろうし、もっと足が萎えているかと思ったが、しっかりとした足取りで歩いている。

「それを被ってるから平気だとは思うが、周囲には気をつけてくれ」

「ああ、もちろん」

ヘレンはカツラを被った、いつもとは少し違う顔で笑って言った。俺達の行く手に人々でごった返す関所が見えてくる。いよいよだ。

関所を目にしたヘレンがそっと俺の服の裾を掴んで、俺はギュッと心の中で褌《ふんどし》を締め直した。

関所に並ぶ人々の後ろに、俺とヘレンも並んだ。馬車も人も一緒くたにごちゃっと並ばされている。

こういうときには出国を完全に止めて全員追い返されてしまうものかと思っていたが、僅かずつだが列が進んでいるのでそうではないようだ。

事態を把握していないのか、それとも何か別の目的があって止めていないのか、それは俺達には分からない。

だが、問答無用で追い返されないのなら都合がいいのも確かだ。追い返されるのであれば山越えも覚悟しないといけなかったが、そうでないなら助かる。

俺達の後ろにも次々と人がやってきて列をなしていく。前の世界の夏冬二回のお祭りと違って整然と並んでいるわけではなく、無秩序に四～六人くらいずつの横列で延びていっているだけだ。

前のほうを窺《うかが》うと、少し先にカミロの馬車が見えた。フランツさんがじわじわと馬車を動かしている。向こうはこっちに目もくれない。

関係があるのがバレると困るのもそうだが、単純にこの辺は徒歩の人が固まっていて、どこにいるかよく分からんのもあるだろう。

ヘレンはというとぴったり俺に張り付いている。ここまで来てヘレンに何かあったら苦労が水の泡だし、守るためにもそうしろと俺が言ったのだ。

ここに来るまでの間、つまりまだ周りに人がほとんどいない間に俺とヘレンの〝設定〟について話をしておいた。

王国に住んでいるジミーという職人のオッさんが帝国出身の嫁さんと知り合い結婚、今回帝国には嫁さんの実家の用事で行ってきたが、済ませたので王国に戻るところである。

実家は小さな村なので俺達は何があったのかは具体的には知らないが、何かあったらしいことだけはこの状況を見て知った。

一旦は王国に戻らないといけないので、早く戻りたいというシナリオである。

その辺りを一通り話すと、ヘレンが驚いた顔で言った。

「アタイとエイゾウが夫婦?」

「こんなオッさんとじゃあ不満だろうが、まぁちょっと辛抱してくれ。ここを抜けるまでの話だ」

「いや、それはいいんだけど……」

じゃあ何なのだろう。

「エイゾウは……嫌じゃないのか……?」

「そんなわけあるか」

「アタイ、体はデカいし、顔にも傷があるし」

「別に良いんじゃないのか。嫌がるやつもいるんだろうけど、俺はそうじゃないってだけだ」

単に傷が目立つだけで、可愛《かわい》い顔をしていると思う。身長が高いのもスラッとして純粋に綺麗《きれい》な体つきしてるなぁと思うし。

そこまで言うとヘレンの本気の拳を味わう可能性もあるから言わないでおくが。

「そっか……」

俺の言葉を聞いて、ヘレンは少し俯《うつむ》く。だから、俺はヘレンの顔が真っ赤なのも、その顔が少し嬉《うれ》しそうなのも見て見ぬふりをした。


俺達が列に並んでから、かなりの時間が過ぎた。少なくとも腹が減って荷物に入れていた干し肉を二人でガジガジ齧《かじ》るくらいには過ぎている。

その分、前にも進んではいるので気が紛れているが、これで進まなかったら暴動になりかねないな。

後ろを振り返ると色んな人でごった返している。王国の都の大通りみたいだ。

前を見ると関所の門が見え始めている。そこを見ると、王国側から帝国に入ろうとやってくる人々もいるにはいるのだが、この状況を見て大多数が引き返しているようだ。

俺達が来たときは入るほうが混んでいたが、今はその逆だ。

それでも帝国側に入る人がいる。多分もともと帝国に住んでいた人だろうな。

更に時間が経ち、カミロ達の馬車が手続きを受けている。

彼の通行証は偉い人のお墨付きなので、荷物のチェックも通り一遍で済んでいるようだ。比較的速やかに門を抜けていく。フランツさんもカミロも振り返ることはなかった。

俺達が通り抜けられないかも、なんてことは微塵《みじん》も考えていないだろう。その信頼が少しくすぐったい。

「次の者！」

そして俺達の番がやってきた。ヘレンは俺の手をギュッと握る。完全に疲れ切った顔をした衛兵が俺とヘレンをじろりと見る。

ヘレンの顔を注視していたら要注意ではあるが、今のところその様子もない。

俺は懐から通行証を取り出して衛兵に渡した。受け取った衛兵が通行証を検《あらた》める。

「王国から来たんだな？」

「へい。左様でして」

「そっちの女は？」

「あっしの嬶《かか》ぁです。帝国出身でして」

「随分と年が離れているようだな」

訝《いぶか》しげに眉を顰《ひそ》める衛兵。俺はそっとヘレンの髪――カツラだが――を持ち上げて、傷を見せた。

「この顔じゃ貰《もら》い手《て》がないってんで。あっしは可愛いと思ったんで嫁に貰ったんです」

俺がそう言うと、ヘレンが真っ赤な顔でバシンと俺の肩を叩《たた》いた。演技なのかどうかは分からないが、その様子を見て僅かに衛兵の顔が緩む。

「そうか。通行証もおかしいところはないし、行って良い」

衛兵が手振りで示す。俺は内心の興奮を押し殺し、

「ありがとうごぜぇやす」

と言ってヘレンの手を引き、門を抜けた。

あくまでも「後ろに迷惑をかけたくないだけですよ」という意思表示以上の速度を出さないように気を配りつつ、ヘレンの手を引いて関所を離れる。

心情的には今すぐダッシュしてカミロの馬車に乗り込み、馬車を飛ばして王国領に潜り込みたいところなのだが、そんなことをしたらどうなるのかは目に見えている。

逸《はや》る心を抑え込むのが大変だったが、努めて冷静に、速さを咎《とが》められることなくその場を離れた。


体感にして十五分か二十分くらいだろうか。つまりは一〜二キロほど離れると、そこの平地に人の「溜《た》まり」ができていた。

俺達はそこに立ち寄ってみることにした。長いこと並んで疲れているのも確かだったし、王国もそこそこの日数離れていたので、もしかするとなにか話が漏れ聞こえてくるかも知れないと思ったのだ。

ざわざわと種族も年齢も性別もまちまちな人々が、思い思いの場所に腰を下ろして休憩したりしている。俺とヘレンは空いたところを見つけてそこに座り込む。

ヘレンはいつもの「ドカッ」と豪快にあぐらをかいた座り方ではなく、しなっと横座りに座った。

一応状況を意識してくれてはいるらしい。

荷物からカップを取り出してヘレンに渡す。

「ほれ」

「ありがと」

ヘレンがそっと受け取ったカップに水袋から水を移すと、少しずつ飲み始めた。俺も水袋から直接飲む。夫婦なのにヘレンが目を白黒させないか若干心配していたが、平然としている。傭兵《ようへい》であちこちの戦場に行っていたなら、男女関係なく水袋の回し飲みくらいは普通にするだろうから今更か。俺はグイッと水を飲み込んだ。

水を飲んだり、乾燥させた果物（イチジクみたいなやつだ）を少し齧ったりすると人心地ついてきて、さっきよりも周りの状況に目をやる余裕が出てきた。

大半は疲れた顔をしているから帝国から出てきた人だろう。総合すると「突然でビックリした」というようなことを口にしている。

戸惑いの表情が窺《うかが》えるのは引き返してきた人だろうか。何人かが帝国から出てきたと思《おぼ》しき人に話を聞いて驚いたあと、ガッカリしたりしている。

基本的には商売で入ろうとしている人達だろうし、商売ができないとなると困ったことにはなるだろう。

しばらく聞き耳を立ててみたが、とりあえずは王国で何かあって帝国に逃げようとしている人はいないようだ。

つまりは俺の家族もおそらくは平気だろう。まぁ、うちにいる限りは多少のことでは何もないとは思うが。

俺は思わず安堵《あんど》のため息をつく。

「どうしたの？」

それを見たらしいヘレンが心配そうにこちらを窺っている。口調もちゃんと変えてくれていて助かる。

「いや、あんなのに巻き込まれたあとだから、家がどうなってるかと思ってな」

俺は慎重に言葉を選んで答えた。この言い方なら普通の人は俺達夫婦の家の話だと思うだろう。

「ああ。大丈夫でしょ。家族の家だもん」

一方ちゃんとその言葉の意味を理解しているヘレンは、そう言って手をキュッと握ってくる。俺はその手をそっと握り返した。

「あのぅ」

そこへ一人の女性の声がした。俺とヘレンはビクッとして思わず手を離す。

「ああ、驚かせてしまってごめんなさい。少しお話を伺いたかったのです」

「いえ、こちらこそすみません、失礼な真似《まね》を」

被《かぶ》っていたフードを取り、言葉通り申し訳なさそうにする女性に、俺は頭を下げて返す。ヘレンはそっと俺の後ろに動いた。

俺は女性になにか違和感を覚えたが、あまり訝《いぶか》しげにして変に思われるのも困るので、何事もないかのように聞き返す。

「それで、聞きたい話とは何でしょう？」

「帝国でなにかあったんでしょうか？　周りの方もそれらしいことを仰《おつしや》ってるんですが」

「ああ……」

女性の疑問に俺は答えた。何か暴動のようなものが起きたらしいのを道中で耳にしたこと、しかし自分と妻は妻の実家に行っていて詳しくは知らないことなどだ。

話しながらも違和感の正体を探ろうとするが、なかなか思い当たらない。

だが、その正体は意外にも向こうから教えてくれた。

俺が一通り話し終えると、女性はそっと俺に顔を寄せてくる。ヘレンが俺の前に出ようとしたが、俺はそれを手で押さえた。

「ご安心ください、エイゾウ様。エイムールの者です」

ニッコリと微笑《ほほえ》んだその顔は、言われてみれば遠征帰りに俺を案内してくれた人だった。

おそらくは俺達を迎えに来たのであろう、マリウスの家の使用人さんとしばらく話し込む。

とは言ってもお互いの素性を詳しく語ることはない。王国領内の比較的当たり障りのない話をするだけだ。

さっきまで盗み聞きしていた話と同じく、王国領内は今のところ見かけ上は天下泰平らしい。

そういえば、もしかすると王国中枢に最速で帝国の革命騒ぎを伝えられるのが俺達の可能性もあるのか。なんだかスパイのような感じだな。

まぁ依頼そのものが敵国に潜入して人質を救出せよという半分スパイのような、ダンボールを被りたいような雰囲気であったし、今更ではあるか。


休憩がてら話し込んでいたが、十分に体力も回復してきたことだし、見かけに反してあまりのんびりしていられる状態ではないのもあって、その場を立ち去ることにする。

マリウスの家の使用人さんは俺達と「互いの安全のために途中まで一緒に行く」という話をややわざとらしくして（建前と実態が一致してしまっているが）一緒に出発した。

ガヤガヤとしているところから離れる。同じように出立している人は少なくはないが、さりとてさほど多いとも言えない。少し距離を取れば聞かれずに話をすることはできそうだ。

パラパラと人が見える平野の街道を歩いていく。カミロたちはどれくらい先行しているのだろう。なるべくなら早めに家に戻りたいところなのだが。

少しして周りに人も居なくなったところで使用人さんは名前を名乗った。カテリナさんと言うらしい。

俺の名前は知っているとして、ヘレンも紹介しておいた。ヘレンは「よろしく」と言ってペコリと頭を下げる。

「よろしくお見知りおきを。まさか、あの〝迅雷《じんらい》〟にお会いできるとは思ってませんでした」

カテリナさんはややテンション高く挨拶を返した。そういやこの人、武闘派だったな……。武で名を馳《は》せた人物と会えて嬉しいのだろう。ディアナもそうだったし。

「その名前も地に落ちたさ」

暗い声でヘレンが言う。俺はヘレンの手を握って言った。

「ちゃんと新しいのも作ってやるし、まだまだやり直しはきくだろ。ただ、今は休憩してたらいいんじゃないか?」

「エイゾウ……」

「こうして見ていると、お二人は本当のご夫婦みたいですね」

俺の言葉をカテリナさんが混ぜっ返す。俺は思わず赤面してヘレンから目を逸《そ》らす。

高校生でもあるまいし、中身が四十を過ぎているオッさんが随分と初々しいことだとは思うが、こういう経験は残念ながら前の世界と合わせてもあまりないのでどう対処していいやら分からない。ヘレンも同じようにしているようだが、握った手が振り払われることはなかった。


それから更に少し行ったところで、道端に停《と》まっている馬車を見かけた。ヘレンの体がこわばるのが伝わってくる。捕まる前のことでもフラッシュバックしたのだろうか。

「大丈夫だよ、あれはカミロのだ」

俺はできる限り優しい声でヘレンに話しかける。少しだけヘレンの力が抜けた。

ゆっくりとその馬車に近づくと、知った顔を荷台から覗《のぞ》かせてニヤッと笑う。カミロだ。

「遅かったな」

「関所を出たところに人が溜まってるところがあっただろ？　あそこでちょっと休憩してたんだよ」

「ああ、なるほど。お前達は徒歩で並ばされてたしな……」

説明をするとカミロはあっさりと納得した。

「よし、じゃあ乗れよ」

促されて俺達は馬車に乗り込んだ。

「あれ、そう言えばカテリナさんのこと聞かないんだな」

人が増えているのに何も聞かずにあっさり乗せたことを疑問に思って俺はカミロに尋ねる。

「ああ。一週間くらいで様子を見に来てくれ、って伯爵に俺が頼んどいたんだよ。万が一ってこともあるからな」

「あと二〜三日出てこなければ、私が帝国に入ってエイゾウ様たちの行方を追っていましたね」

こともなげにカテリナさんが言う。万が一のバックアップを頼んだのが依頼者の侯爵閣下ではなく、マリウスのところだというのが引っかかるが、カミロにもなにか目論見《もくろみ》があったのだろう。

今は無事家に帰り着く確率が格段に上がったことだけを意識しよう、俺はそう思って曖昧な返事を二人にし、馬車に揺られるのだった。

ガタゴトと馬車が街道を行く。関所を出てからいくらか行けば、町があったはずだ。来るときはそこで一泊して関所に向かったんだったか。

割と人もいるので、帝国で飛ばしたときのようなスピードは出していない。人目を気にせずあのスピードを出すには、量産を待つしかない。

今回で実用に堪えることは分かったのだし、その日は遠くないだろう。

俺がそうやって楽しみにしていると、カミロとカテリナさんが話を始めた。

「そう言えば、もう動いてるのか？」

「そうですね。あまり大規模ではなかったのですが、都にも気がついた者がいるようです」

「本当にギリギリだったな」

「ええ」

「なんの話だ？」

俺はカミロに聞いた。

「例の侯爵閣下の話さ」

「ああ……」

混乱に乗じてちょっとばかり帝国の領土をいただく話か。さっきの口ぶりからすると、もう既に部隊は動いたのだろう。

さっきの関所はどうなるんだろうな。どちらにも被害は出て欲しくないものだが。

ヘレンのことも考えてそれ以上詳しいことは聞かないでおいた。

関所のあった山が遥《はる》か遠くに過ぎていく。少しずつ安全が増してはいくが、完全に安全かと言うとそうではない。

「なあ、ヘレン」

このところの都と街の様子をカテリナさんに聞いているカミロを横目に、馬車に乗ってからすっかり大人しいヘレンに声をかけると、ヘレンはこちらを向いた。

「このまま戻ったあと、どうするんだ？」

「うーん……どうしようかな……」

特に何かあるわけではなかったらしい。ヘレンは俯《うつむ》いて考え込み始めた。

「あー……それなんだがな、エイゾウ」

代わりに返事をしたのはカミロだ。

「お前んとこで預かってくれないか？」

「うちで？」

「王国を見渡して一番安全な家ってどこだと思う？」

「恐らくはうちだろうな」

都に行くときに見える山の天辺《てっぺん》に家があるとかでもない限りは、危険な森の中にあるうえ、人除《ひとよ》けの魔法まであるうちが、王国どころか下手するとこの世界でも有数の安全な家の可能性はある。木製だが。

「迷惑だったら良いよ」

そう答えるのはヘレン。だが俺は首を横に振った。

「迷惑ってことはないさ。ヘレンがいいなら構わない」

「他のみんなは？」

「気にしないと思うぞ」

サーミヤ、リケ、ディアナ、リディ、あとはクルル。うちには四人＋一頭の家族がいるが、全員そろって人懐っこい。顔を知ってて泊まったこともあるヘレンが、うちの（一時的にかどうかはともかく）家族になることを反対するところは想像できない。

「うちはあれからまた家族が増えてるからな。賑《にぎ》やかだぞ」

「そうなのか。じゃあ、行く」

「決まりだな！」

大きな声でカミロが締め、馬車の上は少し朗らかな雰囲気に包まれた。


その後は俺も加わって街の話を聞いたりする。随分と長く離れていたように思うが、八日かそこらなので何か大変なことが発生していたりはしないらしい。

帝国の革命騒ぎも昨日の今日では伝わってくる様子もなく、ただ侯爵がごく小規模な軍をこっそりと動かし、耳聡《みみざと》い者達がそれに気がついて何事だろうかと色めき立っているだけだ。

「それでもこれからはちょっとした騒ぎにはなるだろうな」

俺がそう言うと、カミロが、

「だろうな。王国で革命だのといった話にはならないだろうが、帝国から逃げてくるやつもいるだろうし、素早く鎮圧できたとしてもそれから落ち着くまで帝国は国内にかかりきりだ。そうなれば王国と同じことを考える国が他にあってもおかしくはない」

と返してくる。対岸の火事、と言うには少し近いところで起きているアレが成功するにせよ、失敗するにせよ、王国に影響が出ないということはない。

カミロなんかはそれに乗じて大いに儲《もう》けるのだろうし、既に用意自体は整っているのだろうが、俺はただの鍛冶屋のオッさんである。平和に暮らせるに越したことはない。

「飛び火だけは勘弁してくれよ……」

「それはさせんさ。俺も、多分マリウスもな」

妙にハッキリとした口調でカミロが宣言し、カテリナさんが力強く頷《うなず》くのだった。

「今日は行きと同じ町に泊まるのか？」

俺はカミロに聞いた。今日中にうちまで戻るのは難しそうだ。

関所を抜けた時点でもうとっくに昼を回っていたから、それまでに日が暮れてしまうのは確実に思える。

さりとて、あの町に入るのも難しいところではある。まだ到着していないとは言っても、関所から一番近い王国の町だ。追っ手がいれば、捜しに来ることは間違いない。

そのときにのんびりと町にいれば見つかってしまい、ここまで見つからないようにしてきたのが水の泡である。

「いや、なるべく進んで野宿にする。お嬢さん方には悪いが、関所からは距離を離しておきたい」

カミロはそう答えた。今のうちにいるかも知れない追っ手からは距離を離しておいて、行方を分かりにくくするほうを選んだか。

「分かった」

俺はカミロに頷くと、ヘレンとカテリナさんのほうを見た。二人とも頷いている。

ヘレンはともかく、カテリナさんも平気なのを意外に思ったが、そう言えばこの人はここまで一人で来ているのだった。

もしかすると、マリウスの家に勤めるまではヘレンと同じ仕事をしていたのかも知れないな。

まぁ、女性の過去は探らないに限る。俺は二人が納得しているのなら、とそれ以上は触れないことを決めた。


カミロの言った予定の通り、俺達は途中の街を通り過ぎる。

訪れたのは一度きりだが、顔を覚えられていないとも限らないし、スルー以外の選択肢はそもそも難しかったかも知れんな。

街をかなり通り過ぎて、太陽が街道と平野を同じ橙色《だいだいいろ》に染め上げようとしている頃、俺達は馬車を停めて野営の準備を始めた。

俺が鍋の準備をしている間に、他の四人に薪《まき》を集めてきてもらう。

自然と飯を作るのは俺ってことになっているが、今回はカテリナさんもいるんだから、そっちに任せても良かったんじゃ？

そう思って、準備をしながらカテリナさんのほうを見るとサッと目を逸らした。

まぁ、使用人と言ってもそれぞれの専門はある。遠征についていったことや今回のことなんかを考えても、料理のほうは専門ではないんだろう。

飯を作ると言っても、今の状況だと結局は保存がきく食材をまとめて煮込んだだけ、みたいなものしかない。

それでも生産のチートは適用されるので、そこらの旅人が適当に作るよりは美味《うま》い……はずである。


すっかり日が沈んでしまって、唯一の光源である焚《た》き火《び》と、そこにかけた鍋を全員で囲む。

俺の隣にはヘレンとカテリナさんが座っているので、それぞれに鍋の中身をよそってやる。

干し肉と乾燥野菜と豆のスープだが、カミロに許可を貰《もら》ってコショウもきかせてるので、少しだけだが豪華にはなっている。

「ほい」

「ありがと」

「カテリナさんも」

「ありがとうございます」

ヘレンとカテリナさんが器を受け取って、中身を口に運ぶ。

「やっぱりエイゾウのはなんか美味いんだよなぁ」

「私は初めて食べましたけど、野営でこれだけの味なら大したものだと思います」

「だよなぁ。アタイも色んなとこ回ったけど、このレベルのはなかなかないぜ」

二人がしみじみと感想を漏らす。嬉《うれ》しいには嬉しいのだが気恥ずかしい。

「ただ煮込んだだけだぞ」

「それでこの味が出せるから言ってるんですよ。エイゾウ様はなんかズルいですね」

「だろ。アタイもずっと思ってた」

照れを誤魔化《ごまか》そうとすると、カテリナさんとヘレンにピシャリと返された。それをニヤニヤとカミロとフランツさんが眺めている。

カテリナさんはともかく、王国内に戻ってきた実感があるのか、ヘレンの調子が戻ってきているようなので、カミロとフランツさんは内心で不問にすることにした。


夜間は女性陣には眠っていてもらい、男衆三人で見張りに立つことにした。最初がフランツさんで次に俺、カミロの順だ。

寝ているところをフランツさんに起こされる。

「すみません」

「いえいえ、お気になさらず。持ち回りなんですから」

起き出して、一応武器を手に周囲を見張る。帝国領内にいたときは夜間でも松明《たいまつ》の灯《あか》りを頼りにして、街道を行く人がそこそこいたが、王国領内に入ったからか今のところはいない。

あの革命騒ぎから離れてしまえば、見かけはまるっきりいつもどおりということに頭が少しついていけていない。

俺が介入する余地は全くないので気を揉《も》んでも仕方ないのだが、なにかできることがあったんじゃないか、という思いはなかなか消えてはくれない。

俺は空を仰ぎ見る。せっかちな月の女神様の祝福と、きらめく星々の輝きが俺達をそっと見守っていた。

# 9章　〝ようこそ〟

　見張りとして起きて星空を眺めていると、背後からゴソゴソと起きてくる音がした。ヘレンだ。何があるか分からないので、一応寝るときも例のカツラはつけたままになっているが、それが少しズレていた。ヘレンはそれを無造作に外す。

「なんだ、眠れないのか?」

「いや、なんかふと目が覚めちまっただけだ」

　ストレスで眠れなくなったり、深夜に起きたりというのは俺も前の世界で経験があったのだが、それではないといいのだが。

　ヘレンはあぐらをかいた俺の隣に、三角座りで座り込んだ。身長はヘレンのほうがずっと高いが、座ると頭の高さはあまり変わらない。

　ちらっと横目で見ると、じっと焚き火を見つめている。

「すまんな、迷惑かけちまって」

　ボソリ、とヘレンが言う。

「気にすんな、と言いたいが、それじゃ納得できないんだろう?　何より自分で自分が許せない」

　俺も前の四十年の人生で、他人に迷惑をかけてしまったことは一度や二度ではない。

ヘレンは膝に顔を埋《うず》めた。

「まぁ、自分を許せないなら今は許さなくていい。ゆっくり自分で納得できる落とし所を探すことだな」

「……うん」

「それに何年かかっても、気の済むまでうちで探していけばいい。それは別に迷惑じゃない。しばらくうちに住むって決めた時点で家族なんだから」

「……ありがとう」

顔を伏せたまま、ヘレンは言った。俺は焚き火に新たな薪をくべる。しばらくどちらも黙ったまま、パチンと枝が爆《は》ぜる音だけが響く。

あと一時間ほどでカミロと見張りを交代するかな、と思ったとき、ヘレンが声をかけてきた。

「なあ」

「なんだ？」

「ここで横になっていいか？」

ヘレンがモジモジと膝をすり合わせながら言ってくる。なんだか娘ができたみたいに感じながら答える。

「かまわんが、カミロと交代するまでだぞ」

「いいよ」

そう言うとヘレンは俺の真横で体を横たえた。俺はそっとカツラをかぶせてやる。

程なく安らかな寝息が聞こえてきて、俺は街道のほうに目を戻すのだった。

小一時間後、ヘレンを起こしてカテリナさんのところにやり、カミロと見張りを交代する。

俺は横になって目をつぶる。家族か。こうやって増えること自体は全然かまわない。しかし、女性ばかり増える状況なのはなんでだろうな。

ただの偶然と言ってしまえばそれまでだが、こうも女性ばかり続くものだろうか。それも色んな種族でほぼ満遍なく、だ。

〝ウォッチドッグ〟が俺に話していない何かが介在しているのか、それとも他の何かか……。

目を閉じたまま考えていたが、三十歳の肉体と四十歳の精神には疲労が溜《た》まっていたようで、すぐに俺の意識は眠りの世界に誘われていった。

翌朝、全員で起き出して出発の準備をする。朝食は昨日の残りを温め直したものだが、腹に入れるには十分だ。

カテリナさんも含めて全員手慣れているからか、スムーズに出発することができた。カテリナさんが野営に手慣れているのが少々気にはなるが、まぁ言わぬが花だろうな。

ゆっくりと馬車が動き出す。やっと家に帰ることができると思うと気が逸《はや》るが、ここで飛ばしてもらって不審がられては意味がない。努めて冷静になろうと頑張る。

これ多分サーミャがいたらバレてるやつだな。

ジリジリとしながら昼を回った頃、風景が見慣れたものになってきた。

もうすぐ街のはずだ。街に向かう道からは街道を歩いても暗くなる前にうちには帰れる。俺はいよいよソワソワとし始める。

それを察したのかどうかは分からないが、カミロがありがたい申し出をしてくれた。

「俺達はこのまま都まで行くから、森の入り口まで送るよ」

「悪いな。助かる」

カミロに礼を言うと、手をひらひらと振ってウィンクした。相変わらず似合ってないな。

街を通り過ぎる。ここらはもう完全に庭と言っていいほど知っている。帰ってこられた実感が増す。

家族のみんなの顔が頭をよぎる。この世界に来てそれほど経《た》っていないはずだが、俺の中でもあそこが帰るところなんだな。


森の入り口にたどり着いた。俺とヘレンは馬車を降りる。

「世話になったな」

「そりゃあ、こっちのセリフだよ」

俺とカミロはお互いに手を伸ばして握手を交わす。しばらくはお別れだ。

また一週間もすれば会うのだが、少しばかりの寂しさもある。

俺とヘレンは二人で馬車に手を振って見送った。

勝手知ったる森の中を行く。ヘレンも数回は来ているので足取りがおぼつかないということもない。

いくぶん日が傾いてきてはいるが、何度も通ったところだ。迷うこともなく、むしろ軽い足取りでズンズンと進んで行って、ヘレンを置いてけぼりにしないのに苦労する程である。

もう少しで家だな、と思ったとき、大きな影が俺達を覆った。

ヘレンが俺の前に出ようとしたが、俺はそれを手で止めた。

影は俺に近寄りぺろりと俺の顔を舐《な》めると、自分の頭を俺の顔に擦《こす》り付ける。

「クルルルルル」

「ただいま、クルル」

「クルー」

影はクルルだった。どこかに繋《つな》いだりはしていないので、匂いか何かで帰ってきたのを察知してお迎えに来てくれたのだろう。

俺が首を撫《な》でてやっている間に、クルルはヘレンの匂いをクンクンと嗅いでいる。

「その人は今日からうちの家族になるから、大丈夫だぞ」

俺がそうクルルに声をかけると、やはりぺろりとヘレンの顔を舐めた。

「ひゃっ⁉」

くすぐったかったのか、ヘレンが小さく悲鳴をあげる。

「ようこそって言ってるぞ」

「そうなのか？」

俺も流石《さすが》にはっきり言葉が分かるわけではないが、あれで気に入らなかったということはあるまい。

「撫でてみろよ」

「お、おう……」

ヘレンは恐る恐る手を伸ばす。クルルが撫でやすいように頭を下げたので、ヘレンはそこにそっと手を触れて撫でた。

「クルルルル」

クルルは機嫌良さそうにしているが、ヘレンがビクッと撫でるのを止めた。

「こ、これ大丈夫なのか？」

「ああ、機嫌良さそうにしてるから平気平気」

猫の〝ゴロゴロ〟なんかも初めて聞いた人はビビることが結構ある。

そういうものがあるというのは知っていても、具体的に知らないとどれがそれなのかはなかなか実感できないものだ。

今回はめったに見ない生物だろうから、ヘレンがどういう認識だったのかは分からんが。

「この子はクルル。うちの走竜だ。こっちはヘレン」

「よろしくな、クルル」

「クル」

クルルが頭をヘレンの顔に擦り付ける。これでご挨拶は終わりだ。

俺とヘレンにクルルを加えた一行で家を目指す——とは言っても、もう大した距離ではなくて、すぐに家が見えてきたが。

家の前にはうちの家族全員が出てきていた。サーミャかディアナが気がついたのだろうか。

俺は手を振って大きな声で言った。

「ただいま！」

『おかえり（なさい）！』

みんなでお帰りを言ってくれて、俺は初めてちゃんと家に帰ってこられたんだな、と実感した。

「あー、それでだな。帰ってきて早速なんだが……」

「分かってるよ。見えてるし」

俺がヘレンのことを切り出そうとすると、サーミャが遮る。なんか色々察しはついてしまっているようだ。

他のみんなを見てもうんうんと頷《うなず》いている。

「それで、なんでヘレンはあんなの被《かぶ》ってるんだ？」

「ああ……」

森に入った時点でカツラを外させても良かったのだが、万が一を考えて家に着くまでは被らせたままにしておいたのだ。

サーミャは鼻が利くし、顔見知りだからすぐに分かったのだろう。

「とりあえず中で話そう」

「あ、ああ、そうだな」

もう平気だとは思うが、一応最後までは気を抜かないことにした。あれを外すのは家に入ってからだ。


家に入ると、懐かしい匂いが鼻をくすぐる。旅の埃《ほこり》を落とすのとどっちを優先しようか迷ったが、先に話をしてしまうことにする。

みんなで食卓に座る。この光景もなんだか少し懐かしい。が、感慨にふけるより先にやることがある。

「ヘレン、もう外していいぞ」

「うん」

俺が言うと、ヘレンはカツラを外した。短い赤毛が出てきて、いつものヘレンに戻る。

リディが少し驚いている。そう言えばリディは面識がないんだったか。

「リディは初めてかな。ヘレンだ」

俺が言うとヘレンが座ったままペコリと頭を下げた。

「私はリディです。故あってこちらのエイゾウ工房にお世話になっております。よろしくお願いしますね」

「こっちこそ、よろしく」

リディとヘレンが挨拶を交わす。リディもさっき以上に気にした様子はないし、ヘレンもリディがエルフであるのを気にしている様子はない。

これなら大丈夫かな。


「それで、まぁ、その、なんだ」

「ヘレンも家族になるんだろ？」

「うん、まぁ、そういうことだ」

俺がしどろもどろになっていると、サーミャが助け舟を出してくれた。

そしてそのまま胸を張って言う。

「ほらな！」

「まぁ、予想はできたわよね」

「親方ならこうなるという予測をするのは難しいことではないですね」

ディアナとリケがそこに乗っかった。

心配もあまりしてはいなかったが、みんな異存はないようで良かった。

俺がホッと胸をなで下ろしていると、

「だからな」

「ん？」

サーミャが話を続けた。なんだなんだ？

「私達で部屋を増設しておきました」

「ベッドも入れてあるわよ」

「まだ寝具がないですけどね」

リケ、ディアナ、リディが続いた。どういうことかは分かったが、理解が微妙に追いついていない。

「それも二部屋だ！」

ドーンとエフェクトが掛かりそうな勢いでサーミャがVサインする。

「お前達……」

これも信頼と言えば信頼ではある。そうか、自分達でも部屋を作るくらいのことはできるようになってきたのか。

俺は色んな思いでグッとくる感情を抑えながら、今後について話を進めることにした。

「帝国のほうでちょっと騒ぎが起きててな。ヘレンはそれに巻き込まれて厄介なことになってるんで、王国内で安全なところと言うと……」

「うちでしょうね」

俺の言葉をディアナが引き取る。ディアナとしてもそういう認識なのか。

「狼《おおかみ》がうろついて天然の衛兵の役目を果たしている上に、森なので迷宮のように入り組んでますし」

「それにこの家には人除《ひとよ》けの魔法がかかっています。並の人間ではたどり着けません」

リケもリディもうんうんと頷きながら安全性をアピールする。

サーミャはピンと来ていないようだ。ほとんど森の中で暮らしてきたから、「〝黒の森〟自体がそもそも危険な地域とみなされている」と聞いても実感がないのだろう。

「まぁそんなわけで、しばらくうちで暮らすことになった」

「街に行くときはどうするんだ？」

サーミャが疑問を呈する。連れて行くかどうかだよな。残していくのも手ではあるんだが……。なるべくならそれはしたくない。万が一のときに手の打ちようがなかった、というのは避けたいからだ。

「一緒に行くが、様子を見ながらだな。最初の往復時はカツラを被ってもらって、帝国の情勢が落ち着いて来たら外してみよう」

「大丈夫なの？」

連れて行くことで、追っ手に発見されるリスクはもちろん高くなる。カツラを被った状態ではあちこちで目撃されているわけだし。

「大丈夫だろ。一番知ってる人間で帝国の関所の衛兵になるが、あいつらの中では俺とヘレンは夫婦ってことになってるし、一緒にいたほうが都合が良いかも知れない」

俺の一言で、ディアナとサーミャがガタッと席を立った。リケとリディもそわそわしている。なんだなんだ。

「……もちろん、そう言ってるだけで何か手続きをしたわけじゃないぞ。だから詳細に調べられるとバレるのも確かだ」

みんなの様子を無視して俺が話を続けると、二人は着席した。ホッとした様子なのが気になるが、大丈夫そうなので気にしないことにする。

「さっきも言ったけど、予想はしてたから私達はいつまでいてくれてもかまわないわよ」

ディアナが落ち着いた声音でヘレンに話しかける。

「と言うか、もう家族だろ」

サーミャも気楽な声だ。椅子をガタガタするとコケるぞ。

「部屋もありますしね」

「もうお客様じゃないですよ」

最後はリケとリディだ。

ヘレンは彼女達の言葉を聞いて、下を向き、

「ありがとう……ありがとう……」

とつぶやく。俺はその肩をそっとさすってやった。


そうと決まれば、何はともあれ飯だ。飯の準備を始める前にまずは旅の埃を落とそう。

荷物をおろして体を濡《ぬ》らした布で拭き、家の服に着替える。荷物の整理はまた明日以降だ。

チャチャッと着替え終わったら、自室から出てかまどの前に立つ。

スープの用意は済んでいたので、最近獲《と》ってきたらしい猪《いのしし》の肉で焼き肉風の何かを作ることにしよう。

久々に台所に立ったが、一週間と少しではまだ体が感覚を覚えてくれていて、チートの恩恵にもあずかりながら調理を進めることができた。

肉を薄く切って、火酒と香辛料で味つけするだけというシンプルなものではあるが、うちでは結構人気の一品だ。


俺が夕食の準備を終えると、ヘレンが客間のほうから出てきた。部屋はあるが寝具がないから、まだ客間を使うほかかない。

ヘレンの服はうちの女性陣で一番体の大きいディアナの服である。

それでも俺より背が高いヘレンだ、少し丈が短くて見える部分が多い。ヘレンも自分で分かっているらしく、モジモジとしていた。

「へ、変じゃないか?」

ディアナは伯爵令嬢なので持っている服も普段着と言っても、そこそこ装飾のあるものだ。

ヘレンがそれを着ていて丈が合ってないのはこの世界だと奇妙なのかも知れないが、俺には前の世界の感覚があるので個人的には全く変とは思わない。

なのでそれを素直に言ってみる。

「いや別に？　似合ってるとは思うけど」

俺の言葉を聞いたヘレンは顔を真っ赤にすると、食卓の椅子にとすん、と座り込んだ。

それと同じくらいに食卓に全員が揃《そろ》う。俺がみんなのカップにワインを注《つ》いで回る。みんなに行き渡ったところで、全員でカップを掲げて言った。

『エイゾウ工房へようこそ！　ヘレン！』


そのままワイワイとみんなで食事をする。話題はもちろん、俺がここを離れている間のことだ。思っていたとおりではあるが、こっちは特に何事もなかったらしい。

街に行かないのと、俺がいないのでクルルが少しへそを曲げたくらいだそうだ。

あとはほぼ普段どおりだが、全員で「これは確実に連れ帰ってくるに違いない」と話し合って、新たに部屋を作ることにしたことが普段と大きく違うところだろう。

俺がいないので部品の生産には多少時間がかかったものの、そこはリケがちゃんと生産できたし、部屋を建てること自体は経験済みなのでさほどの苦労はなかった、とはサーミャの言である。

「クルルがいてくれて助かったのもあるけどね」

そうディアナが補足する。材木を運んだり、持ち上げたり、要は重機に近い作業をクルルが受け持ってくれたおかげで、想像以上に早く完成できたのだそうだ。

「何かご褒美をあげたいところだなぁ」

「何が嬉《うれ》しいんだろうな？」

俺が言うとサーミャが返す。普通の動物ならなにか特別なエサなりあげるのだろうが、彼女の場合は魔力で腹を満たしているので、食事がほとんど必要ない。

遊ぶ、と言っても普段は簡易荷車を引っ張って遊んでいるし、俺達が介入できて喜んでもらえることってほぼないような……。

「また街に連れて行ってあげるくらいしかないですね」

「そうだなぁ」

リケが言って俺は考え込む。

先程、俺がいなかった間に一般モデルの製品は十分な数ができた、とリケが言っていた。だったら早速明日納品、はちょっと気が早いので明後日《あさって》にでもカミロのところに持ち込もう。それでクルルを街に連れて行ってあげればかなり喜んでくれるはずだ。

俺の作る分はなしでもいいんじゃなかろうか。懐には十分な余裕がある。

カミロは売り物のバリエーションが減るが、一週間くらいならどうとでもできるだろう。そもそもここのところは納品もなければ本人もいなかったのだし。

彼もそこそこの大店《おおだな》の店主のはずなのだが、やけにフットワークが軽いんだよな。あれで着実に成長できているのだから、商人としての手腕は確からしい。

まぁ、俺もそこを信頼してうちの製品を任せてるんだけどな。

そうして家のほうの話を聞いているうちに夕飯を食べ終わったが、みんなが話を聞きたがったので片付けた後に話すことになった。

俺のほうはほとんど行って帰ってきた、という話しかない。ものすごく嫌な予感がしたので、途中でカミロに娼館《しょうかん》へ誘われたことは伏せておいたくらいだ。

それでもヘレン救出や、革命が起きて町が大混乱のところでは全員固唾《かたず》を呑《の》んで話に聞き入っていた。

「ヘレン、苦労したのね。いつまでもうちにいていいからね」

ディアナはすっかり涙声でヘレンに話しかけている。

涙もろいオカンか何かのようだ。気持ちは十分に分かるが。ヘレンのほうは「お、おう……」と言った風情で返事をしている。

「ドワーフは帝国のほうが多いと聞いたが、リケのところは平気なのか?」

「うちの工房は王国にあるから平気だと思いますよ。端っこですけど共和国寄りですし」

「そうなのか。じゃあとりあえずはよし、だな」

リディのところのエルフ達もあちこちに散ったとはいえ、王国内なのは確かだし、サーミャは言わずもがなだ。

うちの家族で帝国で起きていることに巻き込まれそうなのは、もう既に巻き込まれた俺とヘレンを除いてはいないらしい。

「そう言えば、そもそもヘレンはなんで捕まったんだ？」

サーミャが何の気なしに話題を振った。一瞬、場が固まる。

確かに気になることではあるが、まだ救出して間もないところで振っていい話題かどうかは、サーミャ以外の全員が掴《つか》みかねているところだったのだ。

「お、おい……」

俺がたしなめようとすると、当のヘレンがそれを遮った。

「いや、いいんだ。みんなには聞いておいてもらいたい」

そうして、今回のことの顛末《てんまつ》をヘレンはぽつりぽつりと話し始めた。

「アタイは魔界との境界付近の仕事を終えた後、帝国との国境付近の哨戒《しょうかい》と賊の討伐を依頼されたんだ」

魔界の境界付近の仕事ってのは、ニルダがうちに来る原因になったやつだな。

「それを受けたアタイ達は、国境付近の村に世話になることになった。そこも賊に悩まされてたから、歓迎してくれたよ」

「いつも部隊で仕事してるのか？」

「そりゃ一人二人じゃ無理だからな。まぁ、アタイは特定の傭兵《ようへい》団に所属してるわけじゃなくて、毎回寄せ集めのところで仕事してたんだけど」

俺はヘレンに聞いた。救出対象はヘレンのみだったが、部隊で行動しているなら他にも捕まったやつがいたんではなかろうか。

「で、その村の住民に賊のいるらしい辺りを教えてもらって、アタイが一人で偵察に出たときだ。妙な連中を見かけた」

「妙な連中？」

「ああ。身なりが良くて、武器も立派だった。辺境の賊にしてはやたら金を持ってそうな連中だったから、これは賊じゃないなと思ったんだ。数も結構いたし」

ヘレンはそこで一息つく。俺も、みんなも黙ってヘレンの話に聞き入っていた。

「一つ仕事を終えたあとだったし、賊の討伐なんて何回もやってるから、気が緩んでたんだろうな。背後から忍び寄られて、取り押さえられた。手練だったよ。そっちに注意していれば斬りつけて逃げられたかも知れないけど」

正面からやりあって負けたわけではないのか。まぁ、ヘレンと正面からで勝てるやつがたくさんいても困るが。

取り押さえられた、と言うヘレンの言葉を聞いてディアナが息を呑んだ。ヘレンはチラッとそっちを見て話を続ける。

「アタイの武器を取り上げたあと、『今の話を聞いたか？』とそいつらの親玉らしいのがアタイにそう聞いてきた。見かけてすぐだったから、アタイは首を横に振ったけど、まぁ信用はされないよな」

「聞いてても聞いてないって言うだろうからな」

俺の言葉にヘレンは大きく頷《うなず》いた。

「そんなのアタイだって信用しない。そもそも、あいつらがいるのを見ちまったんだから。それであそこに連れて行かれた」

「何もされなかった？」

「なんでいたのかはしつこく聞かれたよ。こっぴどくではないけど」

ディアナが心配そうに聞いて、ヘレンがサラリと答えた。

実際、目立った外傷はほとんどないのだ。助けたときに憔悴《しょうすい》していたから、客人として扱われたわけでもないだろうが。

「まぁ、今回は一旦終わったんだ。ゆっくり休め」

「ありがとう。そうする」

俺の言葉でヘレンが破顔し、報告会はお開きになった。

みんなが三々五々自室に（ヘレンは客間だが）戻っていく。俺も自分の部屋に戻った。

数日ぶりのベッドの寝心地は気持ち良かった。家のみんなが手入れをしてくれていたおかげだろうと思う。

その一方で、俺には気がかりがあった。なぜヘレンは捕縛されただけだったのか。ヘレンが出くわした連中とは何者だったのか。

どうにも腑《ふ》に落ちない。分かる日がくればいいのだが。そう考えているうち、俺は睡魔との格闘にあっさりと敗北した。

◇　◇　◇

そして、その答えは意外にも向こうからやってきた。

翌日、いつもしていた日課の水汲《みずく》み（もちろんクルルも一緒である）と食事の準備の他、クルルと遊ぶ以外は何もせずのんびりと過ごして、更にその翌日である。

朝の日課を終えたら、荷物を荷車に積み込んで街へ向かう。実際のところは一ヶ月も空いていないのに、この感覚も随分と久しぶりなような気がする。

ヘレンはクルルの牽《ひ》く竜車に乗るのは初めてで、例のカツラを被《かぶ》ったまま、結構はしゃいでいた。

速いし、揺れがガツガツと来ないからな。

「走竜ってのはすごいな！」

「でしょう?」

ヘレンの言葉に、ディアナが胸を張る。愛娘《まなむすめ》が褒められて喜ぶ母親のようである。実情としてあまり違いはないが。

「この荷車もカミロのところみたいに揺れがゆっくりなんだな」

「あれの元になったやつがこの荷車にもついてるからな」

「そうなのか。エイゾウは色々できるんだな」

「俺でできる範囲のことはな」

救出までこなす鍛冶屋ってなんだよ、とは自分でも思うができないことはできないのだ。例えば戦場で指揮を執るなんてことは無理だろう。

俺ができるのはあくまで俺個人の手が届く範囲のことでしかない。

のんびりとした風景の街道を竜車が進んでいき、やがて街にたどり着く。見慣れた衛兵さんに挨拶を交わして、カミロの店に到着した。

ちなみに、衛兵さんがヘレンを知っていると面倒なので隠しておいたが、特に見咎《みとが》められることはなかった。

いつものとおりにクルルを預けて、商談室に入る。こっちの人数が増えているが、十分に広いのでまだ手狭だなと感じることはない。

なんだか少し見透かされているようにも感じるが、これは流石《さすが》に被害妄想というものだろうか。

少し待つと、いつものとおりにカミロと番頭さんがやってきた。ただ、いつもと違うことが一つある。

俺がこの世界でよく知っている顔が続いて入ってきたからだ。

「やあ、エイゾウ、直接会うのは久しぶりだな」

見まごうことのないその顔は、エイムール伯、マリウスであった。

「マリウス……！」

俺は思わず立ち上がる。仮に暇であろうと、この街の支配者であろうと、ホイホイと長いこと逗《とう》留《りゅう》していい立場でもない彼が、ここにいるのは素直に驚きだった。

「どうしたんだ一体」

俺はその驚きを隠さずに口に出す。マリウスはいつものニヤリとした笑いを浮かべる。

「こっちで知ってることを教えてやろうと思ってな」

「それはそれは……」

「今後を考えれば、エイゾウの不興を買いたくない。何よりエイゾウは友人だ」

マリウスは臆面もなく言ってのける。多少なりとも自分にも利益があることを知らせたのは、俺を安心させるためだろうな。

純粋な厚意を信じられないやつというのは多い。マリウスが今身を置く貴族の世界では尚更《なおさら》だろう。

「気持ちはありがたく受け取っておくよ」

「そうしてくれると嬉しい」

俺はマリウスの厚意に素直に感謝した。そして、マリウスに促されて再び着席する。

「まぁ、私も自分で情報を集めて分かった範囲での話なんだが」

マリウスも俺達の向かい側に腰を下ろして、話を始めた。

「要は帝国——つまり皇帝は知ってたんだよ、革命を」

「知ってた？　てことは起こることが分かっていた？」

「ああ。起こると分かってて利用したんだよ。見せしめみたいなもんだ。もう既に鎮圧されている可能性もある」

「じゃあ、なぜヘレンを捕まえたままにしておいたんだ？」

「知ってることを知られたくなかったからさ。バレていると分かったら起こさなくなってしまうだろ？　捕まえたこと自体を漏らさないようにしたのも、理由は同じだよ」

ヘレンは詳細を聞いていなかったそうだが、出くわした連中が革命の情報を持っていた帝国側の人間だったということか。

彼女が自分でも言っていたように、どれだけの情報がヘレンに漏れたかは彼らには分からない。かと言って、迂闊《うかつ》に死体を出すとそこから勘付かれる可能性もあるから、しばらく生かしておいたのだろうか。いや、待てよ、それだと……、

「じゃあ、俺達が助け出さなくてもヘレンはどのみち助かったのか？」

「いや、それはないだろうな」

俺の言葉にマリウスは首を横に振った。

「確かに革命が起きてしまった時点で、ヘレンがどうなっていようと関係はなくなってしまった。だが、生きていてもいいということは死んでいてもいいってことだ」

俺を含んだエイゾウ工房の人間は息を呑んだ。マリウスは出されていた茶で少し唇を湿らせると、

再び口を開く。

「帝国としては後々を考えて、知っていたことをバレないようにしたいだろう。そうなれば革命が起きた時点で殺されていてもおかしくはない。なんで死んだのかなんて、ドサクサに紛れてしまえばさっぱり分からなくなるしな」

「むしろ俺達の救出はギリギリだったのか」

「そうだな」

「とすると、もう平気とも言えないわけか」

「そうなるな。しばらくは今日みたいにしておいたほうがいいだろう」


マリウスが今度は大きく首を縦に振る。

今のこの世界だと司法解剖なんてものもないだろうし、殺されてしまえば死人に口なしだ。魔法があるにせよ、それが使えるのは基本的には貴族連中である。結果が正しいかは甚だ怪しい。

加えて、皇帝達が革命を知っていたのを知っている存在がまだ生きているというのは、皇帝達にとっては喉に刺さった骨のようなものだろう。なるべくなら解決したいと思うに違いない。

悩みを解決させてやる理由も必要性もこちらにはないのだが。


ヘレンを見やると俯《うつむ》いている。別に気にする必要ないのにな。そう思っていると、ディアナがヘレンの肩に手を置いて、何かを小声で話し始めた。

俺はそちらをディアナに任せて、マリウスに聞く。

「革命があると知っていた、ということは侯爵が危ないんじゃないのか？　確か領地を切り取りに行っているんだろ？　伏兵を置くには絶好じゃないか」

「それがなぁ……」

マリウスがやたらとどでかいため息をつく。あのオッさん、またなんかやらかしてるのか。

「そっちも裏で話は付いてるんだよ」

「は？」

マリウスの言葉に、俺はここに来てから何度目になるか分からない驚きを隠せなかった。

「つまりだ。侯爵が攻め取ろうとしている土地は帝国側と話がついていて、本来黙っていても割譲される土地なんだよ」

「じゃあ、なんでわざわざ……」

「何かと引き換えにしたとしても、土地を明け渡すというのは大きな失点になる。今回も切り取られはするが、『革命の鎮圧でそちらに手を回せなかった。革命さえなければ……』と、皇帝は革命の首謀者に全てをなすりつける気らしい」

「にしても土地が奪われるのだろう？」

「元々帝国の中央からは離れすぎていて監視も届いてないようなところだし、持っていてもうまみのない土地だと判断されたようだ。だから抗戦もおざなり、出撃も態度だけだな」

逆に言えば王国にとって、何らかのうまみがある土地だということだろうが、それが何なのかを言わなかったのは俺に知らせないほうがいいという判断だろうな。

それに交換条件として王国から帝国に利益供与があったとは思うが、それが何なのか。

「皇帝は革命を鎮圧して反乱分子を一網打尽、王国に土地を切り取られた不始末は軍備増強でまかない、革命が起きたことを反省して政《まつりごと》の方針を改める、だそうだ」

「反省ってのは嘘《うそ》だろ？」

「まあね。ま、言われてるほど帝国も独裁じゃなかったってことだ」

俺の言葉にマリウスはあっさり頷いた。あの革命騒ぎは何もかもが茶番だったわけか。ヘレンの存在だけが唯一のイレギュラーだ。

確かにすべてが茶番であることの裏付けになりかねないヘレンの存在は、帝国にとっては相当に厄介ではあるな。

うん？　待てよ？　そもそもから考えると……。

「もしかして、その辺の絵を描いたのは……」

「おっと、そこまでだぞエイゾウ」

俺が口に出そうとした推測を途中でマリウスが止める。

俺の思っているとおりなら利益供与のうちの一つが何だったのかも、水も漏らさぬ体制で情報を規制していたはずなのに、ヘレンが捕まっていることを彼がなぜ知っていたのかも説明がついてしまう。

彼が知っていたということは、皇帝自身の本意はヘレン殺害にはなさそうだ。が、状況を考えれば帝国としては追わないわけにもいかないだろうから、実際には安全だとも言えないか……。

そして、俺の納めた武器が革命の鎮圧に使われたかも知れないと考えると、思うところがないではない。それもほとんど茶番のような話でだ。

俺が悪いわけではないと言われても、割り切れないところがあるな。

そんな俺の心中を察したのか、マリウスが頭を下げ、彼が話している間黙っていたカミロも併せて頭を下げた。

「今回はすまなかった。俺がもう少し早く気がついていれば、どこかで止める手立てもあったんだが」

「俺からも謝らせてくれ。ここまで関わってるとは思ってなかったんだよ」

「お前達二人で無理なら仕方ない。気にすんな。頭を上げてくれよ」

これは俺の偽らざる心境である。マリウスとカミロの二人で無理なら俺にも無理だ。

彼が上手《うわて》だっただけの話で、思うところや割り切れないところがあるにせよ、彼は彼でそうする理由があったのだろう。

世界を敵に回しての大戦争をおっぱじめる、とかいうことなら俺も持てる力をすべて使ってでも止めるが、そうでないなら止める理由もない。

「それにヘレンを救出できたのは確かだし」

ヘレンのほうを見やると、もうだいぶ落ち着きを取り戻したようで、ディアナやサーミャと何かをボソボソと話している。立ち直ったんなら良かった。

俺は見た目は三十歳だし、中身ももう四十を超えているから、若い女の子に対してどうするのがベストなのか分からんしな……。

「そう言ってもらえると助かる」

マリウスの言葉に、俺はいつもの手をヒラヒラと振るあれで返した。


これで革命の話は一旦終わりだ。ここからはまた別のいつもが始まる。

今回カミロから引き取りたいものをあれこれ伝えると、いつものとおり番頭さんが頷《うなず》いて出ていった。

その後はとりとめもない話だが、マリウスとディアナは久しぶりに兄妹《きょうだい》で会話をしている。使用人達の近況なんかのようだ。

俺達は俺達でカミロと街の話題だが、カミロも一昨日戻ったばかりで大した情報はない。国境から距離もあるし、ここまで混乱が伝わっては来ていないようだ。

そうして諸々《もろもろ》の準備が終わり、金を受け取ると俺達は帰路につく。

商談室から出る間際、「エイゾウ、ちょっと」とカミロに呼ばれた。みんなを先に行かせて俺とカミロだけ、部屋に残る。

「どうした？　なんかあったか？」

「いやまぁ……お前にだけは伝えておこうと思ってな……」

カミロはやたらと歯切れが悪く、言葉とは裏腹にまだ迷っている様子だ。

「別に伝えたくないならいいんだぞ。聞かないほうがいいことも世の中には多い」

「いや、これは聞いておいてくれ。厄介ごとに巻き込まれる可能性もあるが、知っておいてもらったほうがいい」

さっきとは違った様子でカミロが俺に向き直る。その目はどこか決意に満ちているようにも見えた。

「ヘレンはな、侯爵の庶子なんだ」

その言葉は、多少そうかなと思う部分があったにしても十分に衝撃だった。

「救出を依頼した理由はそれか」

「そうだな」

ヘレンが捕まったことを知ったとして、エースとは言っても騎士などではない、ただの傭兵《ようへい》が一人捕まっただけで救出作戦を行うのは不自然だったが、これで最後の説明がついたな。

「前に本人が『父親は馬具職人だ』と言ってたが、預けてたってことか？」

「生まれてすぐにな。流石《さすが》にそばに残しておけなかったらしい」

「母親は？」

「ヘレンを産んですぐに亡くなっている。彼女の親は二人共血の繋《つな》がりはない」

「じゃあ、ヘレンはそのことを……」

「知らない。言うなよ？」

「言わないよ」

俺は肩をすくめて言った。いずれ真実を知る必要が出てくるかも知れないが、今はまだそのときではないというのは俺にでも分かる。

豪放磊落《らいらく》を絵に描いたようなオッさんの娘なら、あの性格も納得だ。わざわざ助けさせたりするあたり、ヘレンと同じで繊細なところもあるのがますます父娘《おやこ》らしい。

とすると剣の才能も親譲りなのだろうか。侯爵は自分の娘の活躍を喜ばしく見ていたことだろう。貴族なのにそういうところが甘いのは憎めなくはある。

「で、これを知ったことで都で侯爵にゴタゴタが起きれば、それに巻き込まれる可能性がある、と」

「すまんな」

カミロは心底すまなそうに言う。このあたりに巻き込むまいとしてくれていたから、巻き込むようなことを伝えるのには葛藤があったに違いない。

俺としては家族のことを教えてくれてありがたいと感じはしても、それで巻き込まれるから恨みに思ったりということはない。

「気にすんな。なんかあって困ったときはお互い様だ」

「ありがとう、エイゾウ」

カミロの態度にも気になるところがあるが、根掘り葉掘り聞くのもなんとなく憚《はばか》られ、俺はカミロの肩を軽く叩《たた》いて部屋を後にした。

「クルルル」

外に出ると、もう出発準備を終えたクルルが「まだか」と急《せ》かしてくる。本当に引っ張るのが好きな子だな。

「すぐ行くよ」

荷台に乗り込むと、必要な物資と家族のみんなが乗っていた。

「それじゃ、出しますよ」

「おう」

リケが軽く手綱を操作すると、「クルゥ」と一声鳴いてクルルが走り出す。

街の中は来たときと同じで、変わらず賑《にぎ》わっている。ヘレンがそれをボーッと眺めている。

「別に傭兵に戻りたかったら、好きなときに戻ってもいいんだぞ」

俺はヘレンにそう声をかけた。だが、ヘレンは大きく頭《かぶり》を振った。

「今はまだ、その気にはなれない」

「そうか。じゃあ好きなだけうちにいると良い。遠慮はいらない」

「うん」

俺がそう言うと、ヘレンは素直に頷いた。俺は座席にもたれかかって目を閉じて思考を巡らす。

今後何をどう作っていけばいいだろうか。まずはヘレンのショートソードだ。その後はヘレンも狩りに出るだろうから弓か。

合間合間にカミロのところに卸す分も忘れないようにしないといけないし、やることはいっぱいある。

だがその全てを急ぐ必要はない。ゆっくりのんびりとやっていけばいい。

今は時間があるし、このところ働きすぎた。俺の目標はスローライフなのだ。


目を開けると、みんなが思い思いに話をしている。ヘレンもすっかりディアナと馴染《なじ》んで会話を交わしていた。

サーミャはリディと話している。リディが弓を引くような動作をしているから、エルフ式の弓の撃ち方の話でもしているのだろうか。

リケもクルルを操っていて、さながら手綱越しに会話しているようにも見える。

のんびりとした時間が俺達を包み込んでいた。


こうして、俺たちはようやっと〝いつも〟に戻ることができたのだった。

# エピローグ　後世では

エイゾウ＝タンヤ氏を追い始めてからしばらく経《た》った頃、私は帝国に赴いていた。彼の工房に住んでいたリケとリディ両女史に、エイゾウ氏が関わっているから一度行ってみろと言われたからだ。帝国はあちこちが整備されていた。なんでも先代の皇帝陛下の肝いりでのことらしい。そのおかげか、道は人々で溢《あふ》れ、その全てが笑顔で彩られていた。

整備の勅命は各種施設にも及んでいて、この町の図書館もなかなかのものであるらしい。私は手始めにそこへ行って資料を当たってみることにした。

図書館は噂《うわさ》通り、蔵書の数もその質も良いものだった。これも先代皇帝陛下の指示があったからだというから恐れ入る。

そこで調査を進めていたが、なかなか情報が見つからずに煩悶《はんもん》しているとき、地元の歴史に詳しいという老人に出会うことができた。

私は一も二もなく彼に話を聞いてみることにした。

「ここでそんなことが？」

「ええ。なぜか残っていなければいけないはずの資料が多数散逸してしまっていて、詳細は分からないのですけどね」

彼が言うには、エイゾウ氏が帝国に関わったうちの一つが、なんと帝国の革命未遂事件であるという。

帝国にて革命が勃発。しかし、いかなる理由によるものか、素早く鎮圧されてしまい革命は失敗。だが、時の皇帝は革命を決意させてしまったことを悔やみ、以降は善政を布《し》くようになった。という半ば伝説として語られているのがこの事件だ。

帝国にて最近発見されたという資料では、この革命を事前に察知した皇帝が、伝説の傭兵を密《ひそ》かに雇い入れ、首謀者の説得と暗殺に差し向けたことになっている。

この傭兵氏も詳細は不明となっているが、あえなく革命軍に捕まってしまったらしいのだ。

そこで登場するのがエイゾウ氏である。彼はバッタバッタと革命軍の部隊をたった一人でいくつも壊滅させ、傭兵氏を救出したのだとか。


しかし、実際には部隊を壊滅させた男が誰なのかは不明である。しかし、色々な資料を突き合わせると、ちょうどエイゾウ氏が帝国に行っていたと思《おぼ》しき時期とぴったり符合するのである。どうも傭兵氏よりも後に帝国に入り、革命鎮圧前にはいなくなっている……ようなのだ。そして条件が合致していて、逆にそれ以外が全て不明な人物は一人しかいない。

そのため、私は言い伝えられている内容が真実ではないかと、一時は推測したのだ。

しかし、この推測はあっけなく崩れ去る。どの資料や証言でも、「彼はあくまで鍛冶屋であった」

としつこいくらいに言われていたからだ。いっそ他の何かを隠すために強調しているのではないかとさえ疑ったのだが、その証拠が全く出てこない。

従って、エイゾウ氏の戦闘能力は鍛冶屋のそれ――一番高くても普通の市民レベル――であろうと思われる。

で、あれば傭兵氏を救出した謎の男（か女かは定かでないが）はエイゾウ氏ではなかろう、と私は結論づけるのである。

願わくば、更に新しい資料でこの結論が覆されてくれると、私としても大変に嬉《うれ》しい。

## 出会いの物語⑥　今日もとても静かな日

アシーナの朝は早い。さほど来ないとはいえ、客が来るからには料理の仕込みをしておかないといけないからだ。

テキパキと流れるように下拵《したごしら》えを済ませていく。朝一番に知り合いが置いていってくれた（もちろん代金は支払っている）野菜や、干し肉を運び込むと、それらを今日出す予定の料理に合わせて切っていく。ナイフが閃《ひらめ》き、食材は躍るように形を変えていく。

あるものは焼かれるための、あるものは煮られるための姿になる。そして、塩や香草で簡単に下味を付けられたりもする。最後に食材の余った部分などが鍋に入り、スープに姿を変えていく。

最後に味見をして終わりだ。毎日のことなので、アシーナは目をつぶっていてもできそうな気すらしていた。

「うん、今日も上出来、上出来」

今日の料理も客に満足してもらえる出来に仕上げることができた。アシーナは満面の笑みを浮かべる。

さあ、今日の仕事を始めよう。アシーナは自分の顔を一度張って気合いを入れると、ホールの掃除に取りかかった。

きっと今日もいつもどおりの一日が始まる。


「いらっしゃい」

昼下がり、アシーナは客を出迎えていた。いつも来る近所の老人である。大抵この時間にやってくる。

「アシーナちゃん、今日も元気だねぇ」

「それだけが取り柄だからね」

老人の言葉にアシーナは笑顔で返した。今日も変わらないやり取り。でも、それにどこかしら安心感のようなものを感じている自分に、アシーナは気づいていた。

そして、大抵この時間の客はこの老人と他数名だ。今も常連客が一人入ってきた。

「いらっしゃい」

「いつものね」

「はいはーい。たまにはもっと高いのを頼んでくれても良いんだよ?」

「そんな稼ぎができたらいいんだけどねぇ」

「違いないわね」

アシーナは笑って彼らにいつもの料理を出した後、再び厨房《ちゅうぼう》に戻った。アシーナは厨房にある椅子に座って、ほうとため息をつく。

彼女は両親を病で亡くしてから、この〝水飲みガチョウ亭〟の後を継いで、一人で切り盛りしてきた。

両親は気のいい人達だった。「皆に美味《うま》いものを食わせたくてこの店をやってるんだ」というのが父親の口癖で、母親はそれをニコニコと笑って支えていた。

もし、今後自分が結婚するようなことがあれば、あのような夫婦になりたいと思うような、アシーナにとっては理想の夫婦であり、自慢の両親だった。

アシーナはこの厨房で両親が並んで仕事しているところを、今のように椅子に座って眺めていたものである。

料理の才能や近所の人達の応援もあって、なんとかこれまでやってくることができた。

しかし、新しい客が来なくなり、近所の人も一人減り、二人減りとどんどんいなくなっていき……。

今となっては日々数えるほどの客しか来なくなってしまった。

「ま、静かなのが嫌いってわけじゃないんだけどね」

静まりかえった厨房で、アシーナは独りごちる。テーブルを指でなぞった。テーブルには色々な傷がついていて、その全てに思い出が詰まっている。

「さすがにそろそろ厳しいかなぁ……」

思い出があろうとも、稼げないことには店を続けていくことはできない。

「って言っても、いつもどおりならどうしようもないんだけどね」

アシーナは一人苦笑を浮かべる。何かいつもとは違う、この状況をなんとかしてくれるようなことが起きてくれないか、そんなとりとめもないことを思ってしまう。

「いけない、いけない。最後までいつもどおりにしてなきゃ」

アシーナは立ち上がって、うーんと大きく伸びをした。ちょうどその時、店の扉が開く音が聞こえてきた。

厨房まで扉の音が聞こえるほど店内は静かなのだ、ということに気がついて、アシーナは再び苦笑する。

そして彼女は出迎えた。年の頃三十歳ほどの男と、ドワーフの娘を。

# あとがき

どうも、お目見えするのは四度目になります、厄年オーバー兼業作家たままるです。

大変ありがたいことに、四巻までやってまいりました。今回は拙作にしては比較的話が大きく動くエピソードが含まれていることもあって、Ｗｅｂ版の次の章を入れることを見送りました。

その代わりにどうしたかについては、ここをご覧いただいている読者の皆様はもうお分かりかと思います（あとがきから読む派の皆さんは読んでから戻ってくることをおすすめいたします）が、Ｗｅｂ版にはなかったオリジナル展開を入れています。

三巻のあとがきで「書籍版オリジナル展開とか無理」みたいなことを書いたわけですが、あっさりと前言撤回と相成りました。しかも、新キャラが二人です。

そういえば、サーミャ以外に獣人がいるという話はしてきたけど、実際に出してはいないなと追加された狼の獣人ジョランダ。

彼女が狼なのは、ある新しい家族の設定変更を見送ったからです。変更後の役割をそのまま担うわけではないですけどね。

新しい家族については次巻以降をお楽しみに、ということで。

街に住んでいる友人知人がカミロだけというのも寂しいし、今後、街そのものに関わるお話の時に絡ませられる、昔ながらの言い方をすればジモティーな人間が必要（カミロは移住してきているので。いやまぁ、エイゾウと共に街の領主であるマリウスとはほとんど友人の間柄、という最大のアドバンテージがあるんですけど）だなぁ、と生み出されたのが街の食堂を切り盛りしているアシーナ。

二人とも家族にこそなりませんでしたが、エイゾウ一家の新しい隣人として、今後も活躍させられたらなと思っています。また、彼女達は今後もＷｅｂ版には登場しない予定ですので、書籍版をお楽しみにしていただければと。

さて、その後の後半部分で「話が大きく動くエピソード」、つまり「帝国革命編」ですね。

実は当初ヘレンは家族になる予定はありませんでした。彼女にはエイゾウ一家を外野から観測し続けるような役割を持たせて、その話をちょくちょく差し込む……つまりはスピンオフ担当のような立場を担ってもらうはずだったのです。

ですが、あちこち回るような立場の人間で、少なくともエイゾウが自発的に助けに行くような関係性がある、となるとカミロかヘレンで、オッさんが捕まってるのは絵的になぁ……となり、ヘレンの登板となりました。

今回もマリウスか侯爵あたりの依頼、ということにして、見知らぬ誰かをということにしても良かったかも知れませんが、彼らがエイゾウをことあるごとに便利に使うのもなんだし、話を進めるのに私が彼らを便利に使いすぎるのも困りものだよな、と。

ヘレンには割を食わせるかたちになりましたが、最初から決まっていた割と乙女というか、女の子な一面も見せられたのは良かったかなと思います。

お持ちの方は一巻を読み返していただくと、ちょっとだけああいうシチュエーションへの憧れがあることも分かりますので、是非読み返してみてください。持っておられない方は……是非一巻をお求めいただいて、確認してくだされば と思います。

そんなわけで、先ほども軽く触れましたが〝黒の森〟の一般的な目線から見たエイゾウ一家はジョランダが、街の一般市民から見たエイゾウ一家はアシーナが分割して引き受ける感じになっていくのかなと思っています。

王国の貴族という立場からはマリウスも侯爵もいますので、都や王国内部でどう見られているのかは彼らの目線から語られることがそのうちあるのではないかなと思います。……多分。

そういえば、毎回エイゾウのその後を取材してあちこちをウロウロしている彼ですが、彼はジャーナリストで伝記作家です。

歴史の隙間からチラチラと顔を覗《のぞ》かせる謎の鍛冶屋の話を追っかけている……のですが、三巻のエピローグをご存じの方はおわかりでしょう、彼女の工作が尾を引いていて（あるいは功を奏してとも言えるかも）成果が芳しくありません。いつか実を結ぶと良いのですけどね。

　さてさて、三巻から四巻までの間に、コミカライズ版の単行本一巻も発売となりました。こちらは日森よしの先生にご担当いただき、発売後即重版と大変な人気をいただいております。書籍版とはまた違った面、同じ面、両方楽しめることは原作者として保証いたしますので、是非お求めいただければと思います。すかさず宣伝を入れる原作者の鑑《かがみ》です（自画自賛）。


　以下は謝辞になります。今回もキンタ先生には素敵なイラストを手がけていただきました。ジョランダとアシーナのデザインもさらっとクオリティ高く仕上げていただき、大変感謝しております。また、挿絵もラフの時点から楽しみにしております。ありがとうございます。

　日森よしの先生も引き続きコミカライズをご担当いただいております。本当に毎月の楽しみになっております。世界で一、二を争うレベルで待っていると思います。ありがとうございます。現在絶賛連載中ですので、読者の皆様も是非ご覧いただければと思います。

　担当のSさん、今回もご尽力いただきましてありがとうございます。おかげさまで順調に巻を重ねていけています。

　友人達、実家の母と妹、猫のチャマとコンブもいつも元気をくれてありがとう。

　そして、なによりここまで読んでくださった皆様に最大級の感謝をお贈りしたいと思います。


　それでは、また五巻のあとがきにて！

お便りはこちらまで

〒102－8177
カドカワBOOKS編集部　気付
たまままる（様）宛
キンタ（様）宛

カドカワBOOKS

# 鍛冶屋《かじや》ではじめる異世界《いせかい》スローライフ 4

2021年5月10日　初版発行
2021年9月15日　3版発行

著者／たままる
発行者／青柳昌行
発行／株式会社KADOKAWA
〒102-8177
東京都千代田区富士見2-13-3
電話／0570-002-301（ナビダイヤル）
編集／カドカワBOOKS編集部
印刷所／大日本印刷
製本所／大日本印刷



●お問い合わせ
https://www.kadokawa.co.jp/（「お問い合わせ」へお進みください）
※内容によっては、お答えできない場合があります。
※サポートは日本国内のみとさせていただきます。
※Japanese text only


Printed in Japan
ISBN 978-4-04-074084-3 C0093

# 新文芸宣言

かつて「知」と「美」は特権階級の所有物でした。

15世紀、グーテンベルクが発明した活版印刷技術は、特権階級から「知」と「美」を解放し、ルネサンスや宗教改革を導きました。市民革命や産業革命も、大衆に「知」と「美」が広まらなければ起こりえませんでした。人間は、本を読むことにより、自由と平等を獲得していったのです。

21世紀、インターネット技術により、第二の「知」と「美」の解放が起こりました。一部の選ばれた才能を持つ者だけが文章や絵、映像を発表できる時代は終わり、誰もがネット上で自己表現を出来る時代がやってきました。

UGC（ユーザージェネレイテッドコンテンツ）の波は、今世界を席巻しています。UGCから生まれた小説は、一般大衆からの批評を取り込みながら内容を充実させて行きます。受け手と送り手の情報の交換によって、UGCは量的な評価を獲得し、爆発的にその数を増やしているのです。

こうしたUGCから生まれた小説群を、私たちは「新文芸」と名付けました。

新文芸は、インターネットによる新しい「知」と「美」の形です。

2015年10月10日
井上伸一郎

辺境でのんびり……
出来ずに内政無双中！
はやく休ませて！
少年エースplusにて
コミカライズ
連載中！
漫画：佐藤夕子
シリーズ
好評発売中
!!!!!
追放された転生公爵は、
辺境でのんびりと畑を耕したかった
～来るなというのに領民が沢山来るから
内政無双をすることに～